Chère Lectrice,

Il existe dans la vie des moments extraordinaires de hasard et de chance.
Dans les romans de la Série Coup de foudre, vous découvrirez le destin étonnant de héros modernes, emportés dans une aventure passionnante, pleine d'action, d'émotion et de sensualité.
Duo connaît bien l'amour. La série Coup de foudre vous séduira.

Coup de foudre : le rêve vécu,
quatre nouveautés par mois.

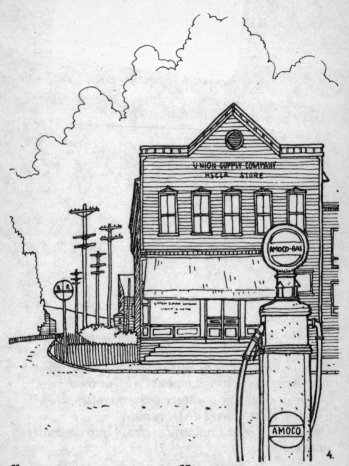

Une petite ville de Virginie

Série Coup de foudre

FRANCINE SHORE
Tant
de désir

Les livres que votre cœur attend

Titre original : *Flower of desire* (11)
© 1983, Maureen Wartski
Originally published by
THE NEW AMERICAN LIBRARY,
New York

Traduction française de : Louise Girard
© 1985, Éditions J'ai Lu
27, rue Cassette, 75006 Paris

Chapitre 1

— JE VOUS CONDUIRAIS VOLONTIERS JUSQUE CHEZ DANE, mais j'ignore où il demeure. Je ne suis pas de la région, expliqua Lynn.

La jeune femme rousse qui lui avait fait signe de s'arrêter au bord de l'étroite route escarpée désigna d'un geste du menton une camionnette garée sur le bas-côté.

— C'est ma pompe à eau, expliqua-t-elle. Je me doutais en partant que quelque chose n'allait pas, mais mon petit James ne se sent pas bien et je voulais l'emmener chez Dane Vestry. Je pourrais vous indiquer le chemin. Ce n'est pas loin.

Elle jeta un coup d'œil au petit garçon debout près d'elle, puis à Lynn qui lui sourit.

— Je suis Ruth Shearer et je vis à Greenwaye avec mon fils.

— D'accord. Montez. A propos, je m'appelle Lynn Emmonds, dit la jeune femme en aidant le petit James à s'installer dans la voiture.

— Je vous remercie beaucoup, vous me tirez d'un mauvais pas.

— Ce n'est rien. Vous devez bien connaître Greenwaye Industries alors ? demanda Lynn.

Ruth acquiesça, l'air visiblement surpris.

— Je viens de Boston et je suis ici pour faire un reportage sur l'usine textile de Greenwaye.

Ruth observait la jeune femme avec un intérêt non déguisé, notant au passage la masse bouclée de ses cheveux dorés, les yeux sombres à l'éclat très vif, la bouche aux lèvres pleines et l'élégance de son chemisier de soie écrue assorti à son pantalon de lin.

— Et moi qui vous prenais pour une touriste. Comptez-vous tourner aujourd'hui ?

Lynn secoua la tête.

— En fait, j'ai laissé ma caméra et toute l'équipe du son à l'hôtel Mountainfoot. J'ai voulu m'imprégner d'abord un peu de l'atmosphère de la région.

Ruth guida Lynn en direction des montagnes puis vers une route sinueuse qui s'enfonçait dans les collines plantées de pins. L'air chaud sentait bon la terre et l'herbe fraîche.

— Il ne va pas tarder à pleuvoir, dit Ruth. Vous devriez accélérer, Lynn.

Rouler plus vite sur cette route à moitié défoncée ? Pas question !

— Dane est-il médecin ? demanda Lynn qui avait de plus en plus de mal à maîtriser les embardées de la Jeep.

Ruth lui jeta un coup d'œil amusé.

— Non, pas vraiment. Vous verrez.

Déjà de grosses gouttes de pluie venaient frapper le pare-brise. Le soleil brillait toujours mais une brume épaisse semblait les envelopper. La conduite devenant franchement difficile, Lynn ralentit au maximum. Heureusement, Ruth lui indiquait maintenant une route latérale qui débouchait sur une vaste clairière où se dressait un chalet de belles dimensions.

— C'est la maison de M. Dane, dit James d'une petite voix timide en enfouissant son visage contre l'épaule de sa mère.

Lynn engagea la Jeep dans une allée circulaire et se gara à côté d'une Jaguar gris métallisé. Qui que soit le mystérieux Dane, il devait être à l'abri du besoin pour pouvoir s'offrir une Jaguar dernier modèle, se dit Lynn.

Ruth avait déjà mis pied à terre, James dans ses bras, et courait vers le chalet en criant à Lynn de la suivre. Lynn ouvrit la portière, hésita un instant, mais au moment où elle se décidait à affronter la pluie battante, une voix d'homme l'arrêta.

— Qui êtes-vous donc ?

Il n'y avait aucune trace d'hostilité dans cette voix chaude, plutôt de l'amusement. Lynn pivota sur ses talons, surprise de ne pas avoir entendu l'homme approcher. Il était grand, vêtu à la manière des montagnards des temps modernes d'une chemise en coton à demi déboutonnée et d'un jean moulant. Ses cheveux noirs, qu'il portait assez longs, ébouriffés par le vent, encadraient un visage aux traits accusés et dont le hâle profond contrastait avec le gris étonnamment clair de ses yeux. En cet instant précis, ces yeux-là observaient Lynn avec une expression de franche admiration où se mêlait une pointe de curiosité.

— Vous avez l'air d'une pâquerette des montagnes battue par la pluie, dit-il d'une voix grave teintée d'un léger accent virginien. Savez-vous que vous vous trouvez dans une propriété privée ? Notre code l'interdit formellement. Nous autres, gens des montagnes, avons nos propres lois. J'ai bien envie de vous garder ici à titre de châtiment.

— Vous devez être Dane.

Lynn avait eu du mal à garder sa contenance sous le regard gentiment ironique de l'homme.

— Je l'avoue. Est-ce moi que vous cherchiez ?

Une bourrasque vint soudain renforcer la violence de la pluie et Dane s'avança vers la jeune femme d'un long pas souple.

— C'est Ruth Shearer qui vous cherche. Je l'ai conduite ici avec son petit garçon et...

7

Avant qu'elle ait eu le temps de poursuivre ses explications, Ruth apparut sur le seuil du chalet.

— Comptez-vous vous laisser tremper jusqu'aux os, tous les deux ?

— Ruth a raison. Venez.

D'un geste presque familier, il passa un bras autour de la taille de Lynn et l'entraîna vers le chalet. Etait-il en train de lui faire des avances ou ne devait-elle voir là qu'un signe de l'hospitalité si réputée des habitants des montagnes de Virginie ? Elle leva les yeux vers lui, croisa son regard amusé et se sentit soudain terriblement embarrassée. Cet homme ne correspondait pas du tout à l'idée qu'elle se faisait des montagnards.

— Attention à la marche.

Il s'effaça pour la laisser entrer dans le chalet. Si l'extérieur de la demeure était d'une sobre rusticité, l'intérieur surprenait par la recherche de son agencement, le raffinement de la décoration et la chaude atmosphère dégagée par les meubles anciens et l'immense cheminée de pierre.

— Est-ce à nouveau ton œil, James ?

La nuance d'inquiétude que trahissait la voix de Dane fit sursauter Lynn qui s'arracha à sa contemplation pour reporter son attention sur le maître de maison. Il s'était installé dans un fauteuil près de la cheminée et tenait le petit garçon sur ses genoux. James hocha la tête et Dane se tourna vers Ruth.

— Il faut que vous l'emmeniez voir un médecin, et très vite.

— Je le lui ai déjà dit. Mais vous avez plus de chances que moi de le convaincre.

Le petit visage de James se contracta d'anxiété.

— Je n'aime pas aller chez le médecin, dit-il d'une voix plaintive.

— Je sais, mais il le faut. Tu veux voir un jour comme les autres enfants, n'est-ce pas ?

James acquiesça à contrecœur et Dane le reposa doucement à terre.

8

— Vous devriez le conduire à la clinique dès demain, Ruth.

La jeune femme soupira et expliqua à Dane ses problèmes mécaniques.

— C'est pour cela que j'ai demandé à Lynn Emmonds de m'amener ici, dit-elle en conclusion.

Les yeux gris de Dane avaient pris une expression pensive.

— Lynn Emmonds. Votre nom ne m'est pas inconnu. Ne nous sommes-nous pas rencontrés déjà ?

Avant que Lynn ait eu le temps de répondre, James poussa un cri de joie en courant vers la porte.

— Il ne pleut plus ! Maman ! Lynn ! Aidez-moi à trouver les arcs-en-ciel !

Ils sortirent tous. Il faisait maintenant délicieusement frais et le ciel était d'un bleu limpide. Lynn sentit la petite main de James se glisser dans la sienne.

— Regarde, James, en voilà un au-dessus de la montagne. Il a presque la forme d'un fer à cheval, non ?

Le petit garçon cligna les yeux d'un air incertain tandis que Ruth s'approchait de Lynn.

— Il voit si mal. Arrivera-t-il un jour à trouver tout seul les arcs-en-ciel ?

L'espace d'un instant, Ruth appuya sa tête contre l'épaule de Dane qui effleura sa joue d'un geste tendre.

— Tout ira bien, Ruth. Je vous le promets. Pourquoi ne restez-vous pas pour dîner ? Il se fait tard, James doit avoir faim.

Ruth secoua la tête.

— Il faut que je fasse venir un garagiste et je dois rentrer à Greenwaye de bonne heure.

— Je serais ravie de vous y conduire, proposa Lynn, puisque je ne suis pas pressée. Ces paysages sont tellement beaux.

Dane fronça les sourcils.

— La maison de Ruth est à trente kilomètres d'ici et la route qui y conduit est très accidentée. Vous risqueriez de vous perdre sur le chemin du retour.

Il marqua une pause et poursuivit :

— Je vais raccompagner Ruth et James. Pourquoi ne viendriez-vous pas avec nous ? De cette manière vous ne perdrez rien de la beauté du site.

Lynn hésita en pensant à l'équipe de tournage qui l'attendait à l'hôtel et surtout à Cora qui ne manquerait pas de s'inquiéter. Par ailleurs, l'offre de Dane lui permettrait de mener à bien son projet de la journée : se pénétrer de l'atmosphère de la région et de la façon de vivre de ses habitants. Et peut-être apprendrait-elle quelque chose sur Greenwaye Industries.

— Alors ? demanda Dane avec un sourire amusé.

Lynn acquiesça sans rien dire.

Il referma la porte du chalet derrière eux, percha James sur ses épaules et se dirigea vers la Jaguar, suivi des deux jeunes femmes. Lynn se tourna vers Ruth et surprit sur son visage une expression légèrement crispée. Elle se demanda soudain quelles relations unissaient Ruth et Dane Vestry. Ruth lui en voulait-elle de les accompagner ? La situation était embarrassante mais elle ne l'avait pas voulue et ne voyait aucun moyen d'y échapper.

Ruth s'installa à l'arrière avec James et Lynn dut se résoudre à prendre place à côté du conducteur. Elle tenta de s'absorber dans la contemplation du paysage mais bientôt elle décida de rompre un silence qui commençait à devenir pesant.

— Vivez-vous ici depuis longtemps, Dane ?

— Assez longtemps. En fait, je suis né ici. J'ai travaillé à la mine avant qu'elle ne ferme. J'ai quitté la région pendant quelque temps, mais c'est ici que je me sens chez moi.

— A la mine ? Vous voulez dire à la mine de charbon ? Il n'y a pas si longtemps, Greenwaye était une ville minière, n'est-ce pas ?

Dane hocha la tête sans faire de commentaires et Lynn poursuivit :

— Mais Greenwaye Industries a changé tout cela ?

— Que savez-vous de cette société ? demanda Dane visiblement surpris.

— J'en sais bien moins que je le voudrais. Mais j'espère en apprendre plus. Il n'est pas fréquent de voir une usine textile toute neuve surgir dans une région aussi défavorisée et fournir des emplois à toute une communauté.

Ruth, qui était restée silencieuse depuis leur départ, intervint.

— Lynn est la journaliste de la télévision chargée de faire un reportage sur nous, Dane.

— Je savais bien que votre nom ne m'était pas inconnu.

Dane sembla sur le point d'ajouter quelque chose, mais son visage devint pensif et il garda le silence. Quelques secondes plus tard, il garait la Jaguar devant une jolie maison blanchie à la chaux. Lynn prit congé de Ruth et de James et les regarda pénétrer sous le porche suivis de Dane. La nuit tombait lentement sur la petite ville. Lynn repensa à ce que M. Martime, le directeur de Greenwaye Industries, lui avait dit au téléphone. Elle sursauta en entendant s'ouvrir la portière de la voiture.

— Vous rêviez ? demanda Dane en prenant place au volant.

— Je pensais à ce que l'industrie moderne avait fait pour cette ville.

— Ainsi vous êtes la journaliste d'*Au jour le jour*. Cette émission s'intéresse toujours à des sujets de portée nationale. Pourquoi la société Greenwaye Industries mérite-t-elle une telle faveur de la part de Boston, Lynn ?

— Les exemples de relance économique constituent toujours un événement de nos jours. Nous aimerions faire comprendre comment, après la fermeture de la mine, Greenwaye Industries a changé la vie des habitants de cette région. A propos, on m'a dit que la mine avait fermé à la suite d'un éboulement, il y a quelques années. C'est exact ?

Dane sourit mais un éclair de colère traversa son regard.

— Vous avez bien appris votre leçon. Les exploitants de la mine n'ont pas fait preuve de beaucoup de zèle en appliquant les mesures de sécurité, vous savez.

Soudain la Jaguar fit une embardée et Lynn se retrouva projetée contre Dane. Instinctivement, il passa un bras autour des épaules de la jeune femme pour lui faire retrouver son équilibre et l'espace d'un instant il la pressa contre lui. Le visage empourpré, Lynn se dégagea avec brusquerie.

— Voilà une manière pas très subtile de me faire comprendre que je ferais mieux de me concentrer sur la route, dit Dane tristement. Pour me faire pardonner, je vous offre l'hospitalité de nos montagnes. Nous sommes presque arrivés chez moi et il est encore tôt. Voulez-vous partager avec votre serviteur le pain et le sel, ou plutôt le steak et la salade ?

— Vous me demandez de dîner avec vous ?

— Je suis persuadé que ça se fait aussi à Boston.

— Bien sûr, mais...

Il ne la laissa pas achever.

— Nous pourrons parler plus longuement de Green-waye Industries et vous me raconterez pourquoi vous êtes devenue journaliste.

La jeune femme eut un sourire songeur.

— Je n'avais jamais pensé à un métier de l'information avant d'entrer à l'université. Je crois que j'ai eu de la chance. J'avais un professeur formidable à Radcliff et c'est elle qui m'a donné le goût du journalisme.

— Ainsi vous avez fait vos études à l'université de Radcliff ?

Lynn crut percevoir un changement d'intonation dans la voix de Dane. Mais peut-être avait-elle rêvé car lorsqu'il reprit la parole il avait retrouvé ses accents chaleureux.

— Nous sommes arrivés au chalet. Allez-vous me

condamner à un dîner solitaire ou le partagerez-vous avec moi ?

Lynn jeta un coup d'œil à sa montre, puis à Dane. L'équipe de tournage devait se demander ce qui lui était arrivé mais cet homme l'intriguait.

— J'accepte, à condition que vous me permettiez de vous aider.

Quelques minutes plus tard, Lynn s'activait à préparer la salade.

— La laitue et les tomates sont fraîchement cueillies, avait annoncé Dane avec fierté. Comme je n'ai pas les doigts verts, Ruth et mes autres voisins m'apportent souvent des primeurs.

De temps en temps, Lynn levait les yeux pour jeter un coup d'œil furtif à Dane. Tout en épluchant ses légumes, elle s'extasiait sur la vaste cuisine ultramoderne et pourtant très accueillante avec son sol recouvert d'un carrelage à l'ancienne en terre cuite, ses placards de bois sombre et ses murs peints en vert vif. Elle se disait que bien des hommes semblaient tout à fait déplacés dans une cuisine mais que Dane y paraissait parfaitement à l'aise. D'ailleurs il devait être à l'aise n'importe où.

Soudain elle s'aperçut qu'il la regardait avec cette expression gentiment ironique qu'elle commençait à connaître. Elle rougit légèrement et dit très vite :

— J'envie votre cuisine. L'appartement où je vis à Boston est très agréable, sauf que la cuisine est minuscule.

Dane était en train de poser les steaks sur le gril.

— Où vivez-vous exactement à Boston ? Aux environs de Cambridge ? En banlieue ?

— A Beacon Hill, dit-elle.

En voyant les yeux de Dane s'arrondir de surprise, elle s'empressa de préciser :

— J'occupe l'appartement d'une amie en séjour à l'étranger.

— Beacon Hill est une adresse prestigieuse pour une jeune journaliste.

A nouveau, Lynn crut discerner dans la voix de Dane une nuance sarcastique et cette impression s'accentua lorsqu'il ajouta :

— Désolé de ne pouvoir vous offrir un dîner en grande pompe avec argenterie et cristal, mais permettez-moi de vous guider jusqu'à ma modeste table.

Voulait-il la taquiner ? Pourtant, les yeux gris ne riaient plus. Tandis qu'ils prenaient place à la grande table de merisier, Lynn saisit un éclat dur dans le regard de Dane.

— Tout a l'air délicieux, dit-elle pour briser le silence qui s'était soudain installé entre eux.

Dane sourit mais son visage resta fermé. Lynn tenta de se concentrer sur les steaks grillés à point, sur la salade et le bon pain fait maison. Hélas, malgré sa faim elle n'y parvint pas.

— Vous êtes un excellent cuisinier, dit-elle pour tenter de recréer entre eux une atmosphère détendue.

— Il y a beaucoup de choses que je réussis très bien.

— Que faites-vous à Greenwaye ?

Il haussa les épaules.

— Comme vous le voyez, je suis un simple montagnard.

— Un montagnard qui aurait un goût prononcé pour la bonne chère, les meubles de prix et les voitures de course ? Je dirais plutôt que d'une manière ou d'une autre votre nom doit être associé à Greenwaye Industries.

Dane saisit un morceau de pain et prit tout son temps pour répondre.

— On dirait que ce reportage vous tient très à cœur. Il y a peu de temps que vous travaillez pour cette émission de télévision, n'est-ce pas ? Si je vous avais vue sur l'écran, je me serais souvenu de votre visage. N'importe quel homme s'en souviendrait.

Curieusement, Lynn se sentit touchée par ce compliment.

— Peter Surran, notre directeur de production, m'a

engagée après m'avoir vue présenter une émission à la télévision locale. C'était il y a six mois environ.

— Apparemment, il a été impressionné par vos talents. D'ailleurs, je suis persuadé que vous possédez tout ce qu'il faut pour arriver au sommet. Le physique, les relations, une excellente éducation.

Lynn se raidit sous son regard moqueur.

— Je travaille très dur pour gagner ma vie.

— Oui. J'imagine que vous avez dû trouver dur aussi de fréquenter les meilleures écoles et de vivre dans les quartiers les plus élégants toute votre vie. Car bien sûr, vos parents sont fortunés ; c'est toujours le cas dans la grande bourgeoisie bostonienne.

Lynn en tressaillit d'indignation.

— D'où vous est venue l'idée que je suis issue de la grande bourgeoisie bostonienne ?

Dane haussa les épaules en souriant.

— Ne soyez pas si susceptible, Lynn. Les montagnards sont moins stupides que vous semblez le croire.

Il se leva et se dirigea vers la fenêtre.

— Venez ici.

— Pourquoi ? demanda Lynn froidement.

— De quoi avez-vous peur ? Je voudrais simplement vous faire entendre le chant de la montagne.

Elle se leva lentement, traversa la pièce pour le rejoindre.

— Je n'entends rien, murmura-t-elle.

— Ecoutez.

Elle sentit les mains de Dane se poser sur ses épaules, des mains fermes et chaudes. Il lui suffisait de bouger pour se retrouver dans ses bras. Cette pensée lui donna envie de rire nerveusement. Sans doute avait-elle abusé du vin blanc.

— Ecoutez, chuchota-t-il encore.

Maintenant elle percevait nettement le bourdonnement des insectes, le ululement d'une chouette, des frémissements d'ailes, le doux murmure du vent dans les arbres. Si elle ne rompait pas immédiatement le charme des bruissements nocturnes, de la clarté argentée de la lune, du souffle chaud de Dane sur sa nuque, la magie de la montagne lui ferait perdre toute raison.

Elle prit une profonde inspiration et s'écarta légèrement de lui.

— C'est merveilleux, mais il faut que je rentre. L'équipe de tournage doit s'inquiéter.

Lynn savait que sa voix trahissait son trouble et elle chercha refuge dans une attitude professionnelle.

— Demain nous aurons une dure journée. J'ai parlé à M. Martime, le président de Greenwaye Industries, et à Sydney Harrison, le directeur de l'usine. Demain matin de bonne heure nous tournons à l'usine.

— Quelle journaliste consciencieuse vous faites.

La voix de Dane était parfaitement calme. Lynn acquiesça lentement.

— Ce serait un excellent reportage, si seulement...

Elle hésita.

— Si seulement quoi ?

— Eh bien, j'ai entendu dire que M. Martime n'avait pas tout pouvoir de décision dans cette société et, depuis que je lui ai parlé, j'ai tendance à croire que c'est vrai. Il est très gentil mais il ne possède pas le dynamisme nécessaire pour créer une entreprise et redonner vie à toute une communauté.

Comme Dane gardait le silence, Lynn ajouta d'un air songeur :

— Tout en parcourant la région aujourd'hui, j'ai pensé que je donnerais cher pour savoir qui est vraiment derrière Greenwaye Industries.

— Je vois.

Cette fois, le doute n'était plus permis. Quelque chose avait bel et bien changé dans la voix de Dane.

— Et c'est alors que vous avez rencontré Ruth et James. Quelle chance !

— Je ne comprends pas...

Lynn s'arrêta brusquement en croisant les yeux gris de Dane, des yeux à l'éclat maintenant glacial.

— Je me suis déjà interrogé sur cette coïncidence. Une jolie jeune femme qui se trouve être une journaliste de télévision se porte au secours de mes amis. Pour une novice dans le monde de l'information, vous faites preuve de beaucoup d'initiative, Lynn Emmonds. Je suis au regret de vous apprendre que cela ne vous mènera pas plus loin en ce qui concerne votre reportage. Mais peut-être puis-je faire autre chose pour vous.

Avant même que Lynn ait pu réfléchir à ce soudain changement d'attitude, Dane l'avait attirée contre lui. Il n'y avait ni tendresse ni chaleur dans cette étreinte, seulement de la colère.

— Etes-vous fou ? demanda-t-elle d'une voix étouffée.

— Non, je vous montre que bien que je ne puisse vous aider pour votre reportage, je peux vous être utile dans un autre domaine. Vous pourriez par exemple raconter à vos amis du Yacht Club comment vous avez partagé le lit d'un montagnard.

Les lèvres de Dane s'emparèrent des siennes, dures, exigeantes. Lynn pouvait à peine respirer, le souffle coupé par la force des bras de Dane autant que par sa propre indignation. Elle le repoussa pourtant avec l'énergie du désespoir et il finit par la relâcher.

Ils se regardèrent un long moment puis Lynn retrouva le contrôle d'elle-même.

— Je retourne à l'hôtel.

Dane semblait maintenant parfaitement décontracté.

— Etes-vous sûre de retrouver votre chemin ? Je ne voudrais pas que vous vous perdiez. Je veux que vous soyez en pleine forme demain pour votre tournage à Greenwaye Industries. J'espère que la journée sera à la hauteur de vos espérances, Lynn Emmonds.

Chapitre 2

IL ÉTAIT DÉJÀ TARD LORSQUE LYNN REGAGNA L'HÔTEL MOUN-tainfoot. Comme elle l'avait craint, l'équipe de tournage s'était inquiétée et chacun avait réagi selon son tempérament. Cora avait tenté d'appeler la police, Ted calmait son anxiété au bar et Roddy, l'ingénieur du son, jouait aux dés sans toutefois quitter la porte des yeux. Lorsqu'elle entra, il poussa une exclamation de joie pour alerter les autres.

— Nous commencions à nous faire du souci. Où étiez-vous, Lynn ?

Lynn avait préparé une explication plausible : elle s'était perdue sur la route et avait rencontré des gens de Greenwaye. Elle ajouta qu'elle avait dîné avec un montagnard civilisé. Cora, une petite brune d'une cinquantaine d'années, haussa les sourcils d'un air curieux.

— Il y a des gens qui ont de la chance. J'aimerais bien rencontrer un beau montagnard. Etait-il séduisant au moins ?

— Passable, dit Lynn distraitement.

— Vestry. Dane Vestry. Ce nom-là me dit quelque chose, marmonna Ted, je l'ai sans doute rencontré.

— A moins que ce ne soit les effets de l'alcool, lança Cora en se tournant à nouveau vers Lynn.

— Vous ne l'avez pas trouvé séduisant ? C'est dommage. Vous devriez vous distraire un peu de temps en temps, Lynn. Il n'est pas naturel pour une jeune femme de vivre si seule.

Lynn réprima une grimace. Cora lui avait témoigné de la sympathie dès qu'elle avait été engagée pour l'émission *Au jour le jour* et très vite elles étaient devenues amies. Aux studios, on s'interrogeait sans beaucoup de discrétion sur la vie privée de Lynn et on avait même chuchoté qu'elle était la maîtresse de Peter Surran. Cora, qui n'avait jamais ajouté foi à ces commérages, prenait la défense de la jeune femme chaque fois qu'elle le pouvait. Plus tard, en travaillant ensemble, Lynn et Cora avaient appris à se respecter mutuellement. Lynn était une journaliste promise à un bel avenir, Cora une photographe de grand talent dont le seul défaut était de vouloir protéger tout le monde.

— Vous avez l'air fatigué, disait-elle maintenant à Lynn en plissant un front soucieux. Vous devriez aller vous coucher tout de suite, sinon vous aurez les yeux cernés demain matin.

Sans protester, Lynn gagna la chambre qu'elle partageait avec Cora. Elle appréciait le calme de l'hôtel, propice à la réflexion ; et ce soir ses réflexions avaient pour nom Dane Vestry, cet homme aux yeux gris et moqueurs, cet homme arrogant qui avait su éveiller en elle ses instincts de femme et susciter une vive curiosité professionnelle. Dane Vestry était associé d'une manière ou d'une autre à Greenwaye Industries et il semblait décidé à l'empêcher de faire son reportage. Mais pourquoi ? Sydney Harrison, le directeur de l'usine, s'était montré très coopératif car une telle publicité ne pouvait être que profitable à l'entreprise.

Allongée sur son lit, Lynn tentait de mettre de l'ordre dans ses idées. Dane Vestry n'éprouvait aucune antipathie envers elle personnellement ; de cela au moins elle était sûre. A l'instant de leur rencontre, elle n'avait pu se méprendre sur son regard sincèrement admiratif et chaleureux. Mais tout avait changé lorsqu'il avait appris qu'elle travaillait pour *Au jour le jour*. Cette émission lui inspirait-elle une aversion particulière? Avait-il une raison précise d'en vouloir à Peter Surran?

Lorsqu'il lui avait confié ce travail, Peter n'avait pas manqué d'en souligner l'importance capitale.

— Ce reportage doit être d'une qualité exceptionnelle, Lynn, avait-il dit. Greenwaye Industries est un exemple unique de relance économique et cela seul constitue un événement. Mais une entreprise en plein essor n'est pas le fruit du hasard; je veux savoir d'où viennent les capitaux qui l'ont financée.

Il avait marqué une pause puis ajouté lentement:

— C'est votre premier reportage vraiment important, Lynn. Je sais que vous ferez du bon travail.

Telle était son intention. Dane Vestry ne l'empêcherait pas d'atteindre son but. Soudain une pensée lui traversa l'esprit et en même temps elle se redressa sur son lit.

— Je suis vraiment stupide, murmura-t-elle. J'aurais dû m'en douter avant. Dane pourrait bien être ce mystérieux commanditaire.

Cette idée n'avait rien d'illogique. Cet homme manifestement fortuné qui inspirait une véritable vénération à Ruth et à ses autres voisins... S'il ne l'avait pas troublée à ce point, elle aurait deviné depuis longtemps. Mais cette hypothèse ne résistait pas à un examen plus approfondi. Si Dane était ce commanditaire inconnu, pourquoi refusait-il la publicité pour son entreprise?

A ce moment-là Cora frappa à la porte.

— Excusez-moi, j'ai encore perdu ma clé, dit-elle après que Lynn lui eut ouvert. Etiez-vous en train de parler toute seule? Il me semble avoir entendu murmurer.

— Je pensais à haute voix, dit Lynn.

Cora hocha la tête.

— C'est parce que vous menez une vie trop solitaire.

Vous êtes trop jeune pour vivre confinée dans votre travail. C'est bon pour un vieux cheval sur le retour comme moi, mais vous, vous devez vivre pour vous.

— Ce qui signifie que j'ai besoin d'un homme, dit Lynn tranquillement. Non merci, Cora.

Tout en parlant, elle faisait inconsciemment tourner autour de son doigt son anneau d'argent.

Cora fronça les sourcils. Lynn lui avait parlé il y a longtemps de Brian, de leurs fiançailles, de la mort du jeune homme.

— C'est le passé maintenant, Lynn, dit-elle doucement.

Vraiment? Lynn se le demandait en regardant la bague qui avait été un jour le symbole de tant de promesses.

— J'ai connu Brian lorsque j'étais toute petite. Nous avons grandi ensemble et nous étions encore au lycée lorsque nous avons découvert que nous nous aimions. C'est à cette époque qu'il m'a offert cette bague avec l'argent qu'il avait économisé en tondant des pelouses. Plus tard, nous avons décidé qu'il n'y aurait pas de bague de diamant, puisque cet anneau d'argent en disait tellement plus long.

Cora l'écoutait en silence. Lynn contemplait toujours le bijou. Il fut un temps où son éclat était étincelant; puis cet éclat s'était atténué comme s'était atténuée la douleur qu'elle avait ressentie lorsque Brian s'était tué dans un stupide accident de la route trois ans plus tôt. Sa mort avait balayé tous les rêves de bonheur de Lynn et depuis aucun homme n'avait fait battre son cœur. Jusqu'à ce soir.

Dane Vestry. Pourquoi se sentait-elle à ce point attirée par lui?

Dès le lendemain matin, Lynn eut l'occasion de se poser bien d'autres questions. Lorsque l'équipe de tournage était arrivée à l'usine textile, Sydney Harrison était là pour l'accueillir. Le visage naturellement affable du

21

directeur était contracté par un sourire forcé. Il était désolé, mais obligé de refuser le tournage pour la journée.

L'air terriblement embarrassé, il s'était tourné vers Lynn.

— Lorsque nous en avons discuté hier, je ne me suis pas rendu compte à quel point nous serions occupés aujourd'hui. Voyez-vous, c'est une période de pointe. Nous devons atteindre notre quota et le temps nous est compté.

Il s'était arrêté en écartant les bras dans un geste d'impuissance.

— Attendez un instant, dit Cora d'un ton menaçant.

Lynn lui fit signe de se taire.

— Monsieur Harrison, je vous promets de ne pas vous faire perdre votre temps ni celui de vos employés. Nous ne serons pas dans vos jambes. Nous aimerions seulement effectuer quelques prises de l'usine en activité et quelques plans intérieurs et extérieurs.

Avec son sourire le plus charmeur elle ajouta :

— Bien sûr, nous aimerions aussi avoir votre interview.

Peu de gens résistaient à l'attrait de voir leur image sur l'écran d'une chaîne de télévision nationale et Lynn vit qu'un dur combat se livrait dans la tête de Sydney Harrison, mais il laissa échapper un profond soupir.

— Je suis désolé, M. Martime vient de me téléphoner : nous ne pouvons interrompre le cours de notre travail, ce qui signifie ni tournage ni interview.

Lynn demanda alors à parler à M. Martime mais M. Harrison lui apprît que celui-ci se trouvait à Washington pour la semaine. Un coup de téléphone au bureau de M. Martime confirma ses dires. Lynn, avec l'impression de marcher sur des sables mouvants, continua néanmoins à négocier. Elle prit Sydney Harrison à part pour tenter de le raisonner. Il finit par l'autoriser à effectuer quelques prises de vues de l'intérieur de l'usine et à interroger quelques employés pendant la pause, mais sans enregistrement.

Lorsque Lynn fit part à Cora des concessions durement gagnées, la photographe s'emporta.

— Il est devenu fou ! Hier il était ravi d'être interviewé pour *Au jour le jour*, et tout à coup il ne veut plus rien savoir.

Rapidement, Lynn s'aperçut que personne ne semblait avoir le temps de parler ni à elle-même ni aux autres membres de l'équipe. Aimables et prompts à la plaisanterie entre eux, les employés de l'usine devenaient étrangement silencieux lorsque l'équipe de télévision s'approchait. Les réponses que Lynn put obtenir furent brèves et tout juste polies. Plusieurs fois, elle tenta de demander le nom du propriétaire de Greenwaye Industries, mais sans succès.

— Nous sommes tous copropriétaires, lui répondit une jeune femme assez sèchement avant de se détourner très vite.

Roddy, l'ingénieur du son, enregistrait discrètement ces bribes de conversation. Au moins la journée ne serait pas complètement perdue.

Une fois qu'ils eurent quitté l'usine, Lynn donna libre cours à sa mauvaise humeur.

— Je n'ai jamais rien vu de pareil, gronda-t-elle entre ses dents.

— Peut-être se méfient-ils des étrangers, dit Roddy avec un sourire apaisant.

Ted hocha la tête en signe d'assentiment mais Lynn n'était pas dupe. D'heure en heure ses soupçons semblaient se confirmer.

— On leur a dit de ne pas coopérer avec nous — avec moi, dit-elle d'un air sombre.

Les autres la regardèrent sans comprendre.

— Aucune importance, c'est une longue histoire.

— En tout cas, lança Cora, ils feraient bien de changer d'avis avant que Peter n'attrape une crise cardiaque. Et maintenant, que faisons-nous ?

23

Ils passèrent le reste de la journée à Greenwaye où ils discutèrent avec les habitants et réalisèrent quelques prises de vue de la petite ville. Lorsqu'ils arrivèrent à l'hôtel, épuisés, Cora proposa de dîner de bonne heure ; Ted et Roddy acceptèrent mais Lynn préféra monter dans sa chambre prendre une douche et réfléchir un peu. Elle commanderait un sandwich plus tard. Si, comme elle le pensait, Dane Vestry était la cause du refus que lui avait opposé Sydney Harrison, il fallait qu'elle le fasse changer d'avis.

Comment faire ? se demandait-elle en retirant lentement ses vêtements. Sous la douche, elle se frictionna vigoureusement tout en continuant à réfléchir. Soudain, une idée lui traversa l'esprit : il existait un moyen de le faire changer d'avis ! Mais à peine formulée, cette idée la fit frissonner d'horreur et de honte. Comment avait-elle pu seulement penser à se servir de ses charmes ? Elle sortit de la douche au moment où on frappait à la porte. Elle s'enveloppa prestement d'un drap de bain.

— Oh ! Cora ! Elle a encore oublié sa clé, marmonna-t-elle en essayant de se draper avec dignité.

Ses pieds laissaient leurs empreintes humides sur la moquette.

— J'aimerais bien que vous pensiez de temps en temps à prendre votre clé... commença-t-elle.

— Je suis désolé. J'ignorais que je possédais une clé, répondit Dane Vestry.

Lynn s'apprêtait à claquer la porte au nez de ce visiteur inattendu, mais il avait déjà réussi à se glisser dans l'entrebâillement.

— Que... que faites-vous ici ? balbutia-t-elle.

— Je suis venu vous apporter ceci.

Il s'inclina devant elle et posa un gros bouquet de fleurs dans ses bras.

— Recevez-vous toujours dans cette tenue ? demanda-t-il en parcourant lentement des yeux ses épaules nues et le dessin si harmonieux de ses seins et de ses hanches indiscrètement révélé par le tissu éponge.

— Bien sûr que non, bredouilla-t-elle. Je venais de prendre une douche et je croyais que c'était notre photographe.

— Ah oui ? Et lorsque votre photographe frappe à la porte, vous lui ouvrez vêtue d'un drap de bain ?

Lynn sentit la colère monter en elle en voyant les yeux gris la toiser d'un air moqueur.

— Cora est une femme, dit-elle sèchement. Puisque nous parlons de l'équipe de tournage, Dane Vestry, j'aurais deux mots à vous dire.

— Nous parlerons de tout ce que vous voulez en dînant. Je vous invite. Vous me raconterez votre journée.

Le souvenir de la matinée à l'usine effaça tout à coup la gêne de Lynn.

— C'est précisément ce dont j'aimerais vous entretenir. Est-ce vous qui avez dit à Sydney Harrison de ne pas nous parler ?

Dane ignora délibérément sa question.

— Je passerai vous prendre à six heures, ce qui vous laisse largement le temps de trouver une tenue certes moins flatteuse mais plus acceptable en société.

— Allez au diable, Dane ! Je n'ai pas l'intention de dîner avec vous, lança Lynn froidement.

Mais elle se reprit très vite.

— Si j'accepte, répondrez-vous à toutes mes questions au sujet de Greenwaye Industries ?

Il acquiesça en souriant mais une lueur étrange brillait dans ses yeux. Lynn réfléchissait à toute allure. Tu voulais un moyen de le faire changer d'avis, se dit-elle, eh bien, c'est peut-être ta dernière chance. Car seul un miracle pouvait lui permettre maintenant de mener son reportage à bien.

— Je serai prête à six heures, dit-elle brièvement.

Soudain il se pencha vers elle et prit doucement entre ses doigts une mèche de ses cheveux encore tout humides.

— Savez-vous à quoi vous ressemblez ? dit-il doucement. Vous ressemblez à une fleur des montagnes, blanc et or, qui ne sait pas encore vraiment si elle a envie ou non d'être cueillie. Ne dites pas non, Lynn ; vous trouverez peut-être très amusant d'être cueillie.

Cette fois elle réussit à lui claquer la porte au nez et elle l'entendit qui riait en s'éloignant dans le couloir. Adossée contre le battant, elle serra convulsivement, presque désespérément, les fleurs contre elle.

Puis elle se ressaisit. Elle ne pouvait laisser passer cette chance de le faire changer d'avis. Le seul problème était que pour l'instant la balle était dans son camp à lui.

Chapitre 3

A MESURE QUE L'HEURE DU RENDEZ-VOUS APPROCHAIT, LYNN sentait croître une nervosité difficile à maîtriser et plus difficile encore à analyser. A six heures précises, elle rappelait sévèrement à la jeune femme vêtue de soie bleue dont le miroir lui renvoyait l'image qu'elle n'était plus une midinette mais une journaliste en service commandé.

C'est à ce moment-là que Dane frappa à la porte. Il la contempla un long moment sans rien dire, avec ce regard admiratif qui l'avait déjà tant troublée lors de leur première rencontre. Heureusement pour les bonnes résolutions de Lynn, il suggéra de se mettre en route immédiatement.

— Le trajet est assez long jusque chez Foxx, expliqua-t-il.

— Où est-ce exactement ? demanda Lynn lorsqu'ils eurent pris place dans la Jaguar.

— Près de Staunton. C'est un ancien manoir reconverti en restaurant dont peu de touristes connaissent l'existence. Je suis sûr qu'il vous plaira. Maintenant, si vous me racontiez votre journée ?

Aussitôt Lynn sentit disparaître les dernières traces de sa nervosité et retrouva sa combativité.

— En vérité, elle s'est plutôt mal passée. Je ne suis arrivée à rien. Hier Sydney Harrison semblait tout à fait disposé à nous aider ; aujourd'hui, il nous a fait comprendre que nous étions des intrus.

Elle se tut et observa le profil de Dane, guettant une réaction qui ne vint pas.

— Je ne peux m'expliquer leur changement d'attitude. Et vous ? ajouta-t-elle d'une voix parfaitement calme.

Le regard de Dane ne révélait qu'un intérêt poli, mais Lynn y sentait une certaine dureté.

— Qu'est-ce qui vous fait croire que j'ai des informations au sujet de l'usine ou de l'attitude de Sydney Harrison à votre égard ? Je vous ai prévenue hier qu'à Greenwaye on n'aimait pas les gens curieux ni les questions en général.

Lynn faillit lui dire carrément qu'elle le soupçonnait d'être le mystérieux commanditaire de Greenwaye Industries mais elle se retint à temps. Pas encore, se dit-elle, attendons le moment opportun. Très vite elle changea de sujet et l'interrogea sur Foxx. Dane répondit de bonne grâce et lui raconta même, avec force détails et anecdotes, l'histoire de la région et de ses habitants au cours des siècles. Bientôt l'atmosphère se détendit et Lynn se surprit à écouter Dane avec un plaisir réel et dénué de toute arrière-pensée professionnelle.

La trêve fut, hélas ! de courte durée. Lorsqu'ils arrivèrent devant le manoir, Dane gara la voiture dans le parc et une multitude de lucioles se mirent à virevolter autour d'eux comme de fantasques étoiles. Lynn les regardait en souriant.

— Quand j'étais petite, avec mon père j'adorais les attraper. Nous les mettions dans une boîte et le soir, avant d'aller me coucher, je les laissais toutes partir.

— Viviez-vous déjà à Beacon Hill ?

— Non, nous habitions en banlieue.

Elle était sur le point de lui parler de la vieille maison à

28

trois étages où elle avait vécu avec sa famille, du quartier populaire, à la limite de la pauvreté, où elle avait grandi, mais Dane ne lui en laissa pas le temps.

— Bien sûr. Et vous passiez l'été à Hyannis ou à Newport.

Lynn tressaillit en l'entendant citer ces deux plages à la mode de cette voix coupante qu'elle lui avait déjà entendue la veille lorsqu'il avait parlé de la supposée fortune de ses parents et de ses origines bourgeoises. Peut-être ce malentendu était-il l'explication de l'attitude de Dane. Si tel était le cas, peut-être pourrait-elle tirer avantage de cette situation pour effectuer son reportage. Il ne pourrait le lui reprocher. Après tout, elle n'avait rien fait pour l'induire en erreur.

Dans le vaste hall aux murs recouverts de boiseries et transformé en galerie de portraits, le maître d'hôtel accueillit Dane comme un client habitué et estimé.

— Votre table vous attend, monsieur. Si vous voulez bien me suivre.

Il les guida vers une petite salle à manger luxueusement aménagée où quelques dîneurs avaient déjà pris place. Dane s'arrêta pour saluer deux couples et Lynn eut tout le temps de s'extasier sur les vases débordant de fleurs et sur les murs littéralement tapissés de plantes vertes.

— C'est la serre la plus fantastique que j'aie jamais vue, dit-elle à voix basse lorsque le maître d'hôtel les eut installés.

— J'étais sûr que cet endroit vous plairait.

Un serveur s'approcha de leur table avec le menu.

— Commandez tout ce que vous voulez, dit Dane. Tout est bon ici.

Lynn trouva le repas mieux que bon. Le vin, sec, était délicatement parfumé. La sauce qui agrémentait les filets de sole farcis à la chair de crabe était si délicieuse qu'elle n'en laissa pas une goutte dans son assiette. Avec un sourire songeur, elle regardait Dane couper sa côte de bœuf avec un plaisir évident. C'est maintenant que je vais lui poser mes questions, se dit-elle, et au même moment il leva les yeux et lui sourit.

— Je lis dans votre regard que vous allez passer aux choses sérieuses. Avez-vous apprécié votre dîner, Lynn ?

— Vous voyez, j'ai fait honneur aux plats, dit-elle en jetant un coup d'œil nostalgique à son assiette vide.

— Alors j'en suis ravi. Maintenant vous pourrez raconter à vos amis que nous ne mangeons pas uniquement de l'écureuil grillé ou de l'opossum à la broche.

— Cela ne m'était jamais venu à l'idée ! Bien, il était question de choses sérieuses. Tout à l'heure nous avons parlé de ma visite à l'usine et de l'échec que j'ai essuyé.

Dane l'observait tout en continuant à déguster tranquillement sa côte de bœuf ; Lynn se sentit soudain beaucoup moins sûre d'elle.

— Dane, ce reportage est très important pour moi. Depuis que Peter Surran m'a engagée, c'est la première fois qu'il me confie un travail de cette importance. Lorsqu'il me l'a annoncé, j'étais folle de joie.

Il prit la bouteille de vin.

— Encore un peu ? demanda-t-il poliment.

Lynn hocha la tête en le regardant remplir son verre.

— Ainsi vous étiez folle de joie ?

Devant ce visage indéchiffrable de Dane, Lynn s'efforça de garder son calme.

— Dans les milieux de la télévision, la concurrence est très dure. Ce travail est d'une importance capitale, il faut que je le mène à bien.

— Qu'est-ce qui pourrait vous en empêcher ? Comme je vous l'ai dit hier soir, vous semblez posséder toutes les qualités qui font une bonne journaliste, dit-il sur un ton léger.

— Aujourd'hui, je me suis heurtée à un mur et je me demandais si vous pouviez m'aider.

Elle lui jeta un rapide coup d'œil ; il ne la regardait même pas, apparemment tout absorbé par le contenu de son assiette.

— Voyez-vous, poursuivit Lynn, j'ai besoin de savoir

qui est le commanditaire de Greenwaye Industries. J'ai nettement l'impression que ce mystérieux individu a donné pour consigne à tout le personnel de ne pas parler aux médias aujourd'hui.

L'espace d'un instant, elle retint son souffle, puis se jeta à l'eau.

— Est-ce vous qui financez l'entreprise ?

— Bien sûr.

Une lueur moqueuse dansa brièvement dans son regard, puis son visage se durcit.

— Je suppose que cette idée ne vient pas de vous traverser l'esprit. Vous le saviez déjà avant de soi-disant sauver Ruth et James hier sur la route.

Abasourdie, Lynn le regardait sans comprendre.

— Comment l'aurais-je su ? J'ignorais jusqu'à leur existence.

Il eut un rire bref et dur.

— Peut-être ignoriez-vous que je me trouvais ici avant que Ruth ne vous parle de moi, mais le nom de Vestry aurait dû vous paraître familier si vous êtes une journaliste digne de ce nom. Etes-vous une journaliste digne de ce nom, Lynn Emmonds ?

D'une façon totalement inattendue, il saisit le poignet de la jeune femme et serra si fort qu'elle laissa échapper un gémissement de douleur.

— Savez-vous d'où me vient cette poigne de fer ? demanda-t-il d'une voix trop douce. Des mines de charbon, ma chère. Je n'ai pas grandi dans les palaces de la bourgeoisie bostonienne. Mes parents sont morts lorsque j'étais encore très jeune et ce sont mes grands-parents qui m'ont élevé. Des mineurs, tous les deux, et je devais devenir mineur moi aussi. En fait, mon premier travail de vacances a consisté à descendre dans la mine avec mon grand-père.

— Celle... celle où s'est produit un éboulement ? demanda-t-elle d'une voix tremblante.

Il avait desserré son étreinte autour du poignet de

Lynn mais ses yeux brillaient de la même intensité glaciale.

— Oui, celle-là même, mais l'éboulement s'est produit des années plus tard. Mes grands-parents voulaient que je réussisse dans la vie, que je fasse des études universitaires. Moi, dans la mine, j'ai surtout appris à me servir de ma force physique. Je savais courir très vite et attraper un ballon de football. Le petit-fils de mineur a obtenu une bourse et a pu se consacrer à l'athlétisme. Plus tard, j'ai fait des études de droit à l'université de Harvard.

Un serveur apparut à leur table pour retirer leurs assiettes et apporter le café dans des tasses de fine porcelaine. Lorsqu'il se fut éloigné, Lynn demanda d'une voix mal assurée :

— Pourquoi le droit ?

— Le droit m'a toujours fasciné. Mais ça n'a pas été facile. Tout en étudiant, je travaillais plusieurs heures par jour pour pouvoir envoyer de l'argent à la maison. Parfois je m'endormais sur mes livres, je tombais de sommeil en salle d'étude. Excusez-moi, je dois vous ennuyer avec le récit de mes dures années d'étudiant.

Lynn hocha la tête et faillit se mettre à rire. De dures années, se dit-elle en se souvenant de l'époque où elle nettoyait les tables d'une cafétéria, tapait les manuscrits des autres ou faisait les ménages dans des laboratoires pour quelques dollars de l'heure. Tout ce que lui racontait Dane pouvait s'appliquer à ses propres années d'études à Radcliff.

— Vous n'êtes pas le seul à avoir connu des jours difficiles, lança-t-elle froidement.

— Epargnez-moi le récit de vos tracas à Beacon Hill. D'ailleurs nous nous éloignons du sujet. Ce que je voulais dire, c'est que la journaliste pourtant intelligente que vous êtes n'a pas choisi la bonne manière de m'approcher. Vous servir de Ruth et de James était un coup bas. Je n'aime pas qu'on utilise ceux qui me sont chers.

— Cela signifie-t-il que vous ne me direz rien de

Greenwaye Industries et que vous empêcherez votre personnel de me parler, simplement parce que vous avez le sentiment que j'ai « utilisé » vos amis pour vous approcher ?

— Exactement. Maintenant que cette affaire est réglée, peut-être pouvons-nous passer à des sujets plus distrayants.

Mais Lynn poursuivait son idée avec opiniâtreté.

— Ne croyez-vous pas que c'est surtout à vous-même et à votre entreprise que vous faites du tort ? Quel que soit son succès, un peu de publicité ne peut que lui être bénéfique. *Au jour le jour* peut vous l'offrir. Si vous m'en voulez personnellement, Peter pourra charger un autre journaliste de ce reportage. Je quitte la région demain avec mon équipe. Nous embarquons à l'aéroport de Staunton. Je pourrais téléphoner à Peter ce soir et lui demander d'envoyer quelqu'un d'autre.

— Votre loyauté vis-à-vis de votre patron est tout à votre honneur. Est-ce un ami à vous ? murmura-t-il en saisissant entre ses longs doigts hâlés la main tremblante de Lynn, la main où brillait l'anneau d'argent. Voilà un doigt bien intéressant pour y glisser une bague, commenta-t-il avec ironie. On jurerait assurément celui d'une femme mariée. Etes-vous libre, Lynn Emmonds, ou ne l'êtes-vous pas ?

Lynn retira sa main avec brutalité.

— Vous venez de parler de loyauté. Votre personnel semble vous être tout dévoué. Pouvez-vous me dire pourquoi ?

Une lueur admirative devant tant de ténacité éclaira un instant le regard de Dane.

— C'est en cela que Greenwaye Industries ne ressemble pas aux autres entreprises. L'un des amis que je me suis faits à Harvard était le fils d'un homme d'affaires japonais. Il m'a beaucoup parlé de la conception japonaise de l'industrie, ce qui m'a donné envie d'appliquer ici ces théories. Au Japon, les patrons ne sont pas seulement là pour donner des ordres et empocher l'argent, ils se soucient vraiment de leur personnel, de son bien-être et de son avenir.

— C'est du paternalisme, fit-elle observer un peu sèchement.

— Si vous voulez, mais cela fonctionne dans les deux sens. Les employés bénéficient de la sécurité de l'emploi et de la participation aux bénéfices. En retour ils offrent à leur patron leur loyauté et un travail de qualité effectué de plein gré.

Il agita son index en direction de Lynn.

— Je ne vous dirai rien de plus.

— Ne voulez-vous même pas réfléchir à ce que je vous ai expliqué à propos de la publicité que vous procurerait *Au jour le jour* ? demanda Lynn d'une voix presque suppliante.

— Même si vous restiez ici pendant un an, vous n'apprendriez rien de plus.

Il y avait dans la voix de Dane quelque chose qui ressemblait à une menace. Lynn se mordit les lèvres. Mais la colère prit le pas sur la peur.

— Vous saviez que je vous poserais ces questions et vous saviez que vous refuseriez de me répondre, s'indigna-t-elle. Alors pourquoi ne pas m'avoir avertie hier ?

— Et avoir gâché une aussi agréable soirée ? A Greenwaye il y a peu de jeunes femmes de votre classe. Cette soirée vient juste de commencer. Nous pourrions nous consacrer maintenant à des affaires plus plaisantes, dit-il doucement.

Les joues brûlantes, choquée et pourtant troublée par le regard suggestif qui avait accompagné les paroles de Dane, Lynn bondit sur ses pieds.

— Je ne crois pas que ce genre d'affaires m'intéresse, dit-elle d'une voix cinglante. Je rentre à mon hôtel, monsieur Vestry.

— Comme vous voudrez.

Il régla l'addition et quitta sa chaise avec une élégance qui révélait la grâce féline de son corps athlétique. Il s'inclina légèrement pour la faire passer devant lui et

Lynn s'efforça de garder la tête bien haute pour traverser la salle à manger puis le vaste hall. Intérieurement, elle bouillait de rage. Dane Vestry l'avait couverte de ridicule.

Une fois dans le parc, il lui ouvrit en silence la portière de la Jaguar. Lynn se laissa tomber sur le siège avec une soudaine sensation d'épuisement. Comment tout avait-il pu devenir aussi compliqué ? Comment avait-il pu se méprendre à ce point sur chacune de ses paroles ?

Tandis qu'il démarrait, Dane lui adressa un bref sourire.

— Ne boudez pas, Lynn. Une bonne journaliste doit savoir accepter une défaite. Sans aucun doute, Peter Surran vous confiera un autre reportage intéressant. Je suis persuadé que votre charme et votre assiduité au travail sauront le convaincre.

Lynn ne répondit pas, trop fatiguée pour discuter plus avant. Une bataille perdue lui suffisait pour ce soir. Elle ferma les yeux et essaya de dormir, mais la présence de Dane à ses côtés la tenait en éveil. Soudain elle s'aperçut qu'au lieu de reprendre la route de Greenwaye il se dirigeait dans une autre direction.

— Où allons-nous ? Que faites-vous ? demanda-t-elle d'une voix sèche.

— Nous nous arrêtons pour admirer la nuit, dit-il tranquillement. Vous êtes en colère et je ne veux pas voir une jolie femme quitter mes montagnes dans un tel état de fureur.

Il gara la voiture, se tourna vers Lynn et lui prit la main.

— Allons, reconnaissez que cette fois vous avez perdu. Oubliez votre reportage et soyons amis.

— Vraiment ? Alors que vous vous vantez d'avoir fait un véritable gâchis de mon reportage ?

Maintenant son amertume était plus forte que sa colère. Les larmes lui brûlaient les yeux.

— Jamais je ne serai votre amie, Dane Vestry. Pas après la manière dont vous m'avez humiliée.

— Comment ? En jouant à votre jeu, Lynn ? Ni vous ni moi ne sommes des enfants. J'ai vécu dans votre monde et j'en connais les règles. Dans votre milieu, on se sert des gens avant qu'ils ne puissent se servir de vous. N'est-ce pas vrai ?

— Vous vous trompez, commença-t-elle.

Il ne lui laissa pas le temps de poursuivre. Doucement il glissa sa main sous son menton et tourna son visage vers lui. Elle voulut le repousser mais elle en fut incapable car des lèvres chaudes, exigeantes, venaient de se poser sur les siennes. Lynn ne réagit pas. Dans son for intérieur, elle savait ce qu'il allait faire, elle l'attendait même secrètement. Tandis que les lèvres de Dane emprisonnaient les siennes avec une douceur sauvage, elle sentit s'évanouir sa dernière étincelle de lucidité. Puis, lentement, voluptueusement, les lèvres chaudes glissèrent vers sa gorge, descendirent jusqu'à la naissance de ses seins dévoilée par le décolleté de sa robe de soie. Un éclair de raison revint alors à la jeune femme.

— Dane, je vous en prie. Nous ne pouvons pas...

— Bien sûr que si.

Il l'avait prise sur ses genoux, l'attirant contre sa poitrine dure et musclée. De nouveau les baisers de Dane firent monter en elle une fièvre qui la projetait hors du temps et hors du monde réel. Les paupières closes, elle s'abandonnait à la douce euphorie dans laquelle Dane la faisait sombrer lentement à mesure que ses caresses se faisaient plus précises, plus insistantes. Entre deux baisers, il murmurait son nom avec une ferveur qui acheva de lui faire rendre les armes.

Lorsqu'elle ouvrit les yeux pour capter son regard, elle y lut l'expression d'un désir presque douloureux.

— Dane, chuchota-t-elle en nouant ses bras autour de son cou avant de glisser ses doigts dans l'épaisse chevelure sombre.

— C'est tellement meilleur que de parler d'affaires, n'est-ce pas ? murmura-t-il alors.

Ces mots la ramenèrent à la réalité, chassant brutalement la passion qui enveloppait tout son corps et une petite voix dans sa tête lui ordonna de se libérer du désir qui l'embrasait encore. As-tu perdu la raison ? Cet homme a tout fait pour saboter ton travail. Il t'a blessée profondément en t'accusant des manœuvres les plus basses. Et tu lui permets de se servir de toi.

— Non, balbutia-t-elle.

Mais Dane ne réagit pas. Ses mains et ses lèvres brûlantes couvraient de caresses et de baisers de plus en plus fiévreux ses épaules et sa gorge nue. Alors elle saisit ses cheveux à pleines mains et tira de toutes ses forces.

— Je ne joue plus, Dane Vestry. Arrêtez immédiatement. Vous ne vous servirez pas de moi aussi facilement.

Il se redressa légèrement sans la libérer de l'étreinte de ses bras.

— De quoi parlez-vous, Lynn ? Personne ne se sert de personne. Vous me désirez autant que je vous désire.

Son regard errait lentement sur le jeune corps palpitant et fiévreux. Furieuse de sa propre vulnérabilité, Lynn se dégagea d'une geste brutal et rajusta sa robe.

— Je ne veux pas, dit-elle entre ses dents serrées. Je veux rentrer à mon hôtel immédiatement et, si vous ne m'y ramenez pas, je rentrerai à pied.

Elle vit ses yeux s'assombrir, son visage se contracter. Un frisson de peur lui parcourut la nuque. S'il le voulait, il pouvait la vaincre ici et maintenant. Il avait largement la force nécessaire et elle-même venait de mesurer, à ses dépens, l'étendue de sa propre faiblesse.

— Je vous en prie, insista-t-elle.

La colère s'effaça du regard de Dane, un lent sourire se dessina sur ses lèvres, un sourire triste, juste un peu moqueur.

— J'oubliais que dans les milieux dits civilisés dont vous faites partie, ce genre de choses se négocie comme le reste. Croyiez-vous sincèrement que je voulais vous humilier ? C'est vous, au contraire, qui cherchez à me provoquer.

— Allez au diable, Dane !

Elle se mordit durement la lèvre, sachant bien que l'émotion qu'elle venait d'éprouver n'avait rien à voir avec un jeu.

— Disons simplement que ni l'un ni l'autre n'avons obtenu ce que nous voulions, ajouta-t-elle avec amertume.

Sans répondre, il redémarra, le visage impénétrable. Un peu plus tard, il se contenta de remarquer d'une voix douce :

— Cela arrive souvent dans ce genre de négociations. N'encombrez pas votre jolie tête avec ce malentendu. Je suis sûr que d'autres occasions se présenteront pour vous d'obtenir ce que vous voulez.

Chapitre 4

IL ÉTAIT MINUIT LORSQUE LYNN RETROUVA LE CALME DE SA chambre d'hôtel. Cora dormait profondément. Dans la faible clarté qui pénétrait par la porte entrouverte, elle chercha son bloc-notes et son magnétophone et descendit travailler dans le hall. Pendant les périodes difficiles de sa vie, le travail avait toujours été son meilleur refuge. Mais deux fois seulement elle s'était sentie aussi misérable. La première fois c'était après la mort de ses parents, environ dix ans plus tôt. Son père avait été emporté par une pneumonie et sa mère n'avait survécu que quelques mois à cette tragédie, terrassée par le chagrin et la solitude. La deuxième fois, c'était après l'accident qui coûta la vie à Brian.

Voilà les deux drames de ma vie. Rien de comparable avec ce qui m'arrive aujourd'hui, se dit Lynn. Alors pourquoi ce sentiment d'accablement ? Dane Vestry n'est rien pour moi. Et pourtant, comment expliquer son hostilité à mon égard, son amertume lorsqu'il parle de ce qu'il croit être mon monde ?

Elle se concentra sur la correction de ses notes. Peut-être la mine de charbon était-elle la clé du mystère ? Les grands-parents de Dane avaient forcément été affectés par l'éboulement, ne serait-ce que financièrement. Un de ses amis avait-il péri dans l'accident ? Elle se souvint de ce qu'il lui avait dit de l'application des mesures de sécurité. Peut-être associait-il les exploitants de la mine à son monde à elle. Non, cela n'avait pas de sens. Pourquoi un juriste diplômé de l'université de Harvard, un juriste riche, cacherait-il son amertume dans une ville perdue de Virginie ?

Mais il y a autre chose, se dit-elle encore. Il y a chez cet homme quelque chose de méfiant, de blessé. Quelqu'un a dû faire beaucoup de mal à Dane Vestry. Une femme ? Une femme qui se serait servie de lui comme il m'a accusée de le faire ?

Puis elle tenta de faire une synthèse de tous les éléments glanés depuis son arrivée en Virginie dans le but de rédiger un article cohérent. Il lui fallut des heures pour y parvenir et en relisant son texte elle comprit que Peter Surran ne saurait en être satisfait. Le Renard d'argent, comme on l'appelait dans les milieux de la télévision, tant à cause de sa crinière poivre et sel qu'en hommage à son œil perçant, à son instinct plus aigu encore et à la rapidité de ses réflexes, ne serait pas dupe. L'information était mince et indéniablement superficielle. Mais que pouvait-elle faire de plus ? Elle jeta un coup d'œil à sa montre qui marquait quatre heures passées et se résigna à aller se coucher.

Il lui semblait qu'elle venait tout juste de s'endormir lorsqu'elle fut réveillée par la sonnerie stridente du téléphone.

— Mademoiselle Emmonds ?

Elle reconnut la voix encore ensommeillée du réceptionniste.

— Je suis désolé de vous réveiller, mais j'ai un message pour vous de la part de M. Vestry. Il a dit qu'il était important de vous le transmettre avant sept heures et demie.

Le réveil marquait sept heures et quart. Dans le lit voisin, Cora dormait paisiblement. Lynn soupira.

— Merci, mais je me soucie peu de l'emploi du temps de M. Vestry. Quel est ce message ?

Sans ambages, Dane l'invitait à prendre le petit déjeuner à son chalet à huit heures. Il avait même ajouté très précisément : « J'ai à vous montrer quelque chose qui en vaut la peine. »

L'audace de cet homme était décidément sans limites. S'imaginait-il qu'il lui suffisait de claquer des doigts pour la voir accourir ?

— Qu'est-ce que vous marmonnez ? demanda Cora d'une voix ensommeillée. Etes-vous devenue folle, Lynn ? Vous vous levez en pleine nuit, maintenant ?

— Je viens de recevoir une invitation pour le petit déjeuner de la part de M. Vestry, dit Lynn avec un rire bref.

Cora se dressa sur un coude.

— Le montagnard ? Etes-vous sortie avec lui hier soir ? Vous êtes rentrée très tard.

— J'ai travaillé la moitié de la nuit mais avant, nous avions dîné ensemble à titre professionnel.

— Alors vous avez obtenu les renseignements que vous vouliez ?

Lynn secoua tristement la tête.

— Dans ce cas, ce dîner n'était pas tout à fait professionnel, fit observer Cora.

Lynn fronça les sourcils et s'assit au bord du lit. Dane avait-il réfléchi durant la nuit ? Elle l'avait appâté en parlant de la publicité que ce reportage constituerait pour son entreprise, il pouvait donc avoir changé d'avis. Peut-être n'était-il pas trop tard pour la réussite de l'émission. Elle bondit sur ses pieds.

— Vous comptez y aller ? demanda Cora.

Lynn acquiesça et consulta une fois encore le réveil. Elle avait tout le temps de revenir à l'hôtel et de gagner l'aéroport de Staunton.

Dix minutes plus tard, elle avait pris sa douche et

enfilé un jean fatigué avec un tee-shirt qui avait été un jour vert olive. Dane comprendrait certainement en la voyant dans cette tenue qu'elle n'était pas d'humeur à reprendre leurs jeux de la veille.

Tout en gravissant la route de montagne au volant de sa Jeep, Lynn se répétait les questions qu'elle voulait poser à Dane. Mais, bien que préoccupée par son travail, elle ne put empêcher son cœur de battre de plus en plus fort à mesure qu'elle approchait du chalet. Elle venait de s'engager dans la clairière lorsqu'elle le vit qui l'attendait.

— Bonjour.

Il se dirigea vers elle en clignant les yeux dans le soleil matinal.

— J'ai eu peur que mon message ne vous parvienne pas à temps, dit-il en l'aidant à descendre de voiture.

— Je suis sûre que vous auriez trouvé un autre moyen de me faire venir ici si je n'avait pas reçu votre message. Je vais être très claire, Dane : je suis venue ici à titre professionnel, pas pour jouer à vos petits jeux.

— Je l'avais déjà remarqué, ironisa-t-il en désignant la tenue décontractée de la jeune femme.

Il glissa familièrement sa main sous son coude et l'entraîna.

— Allons-y !

— Où ? demanda Lynn en se dégageant.

— Prendre le petit déjeuner, comme je vous l'ai promis ; et vous montrer quelque chose que vous devez voir avant de retourner à Boston. Allons, Lynn, ne craignez rien ! Je vous promets de ne pas vous traîner dans les buissons ! Ce n'est pas mon style.

Lynn rougit violemment et se détourna vivement de lui. Cet homme savait-il lire dans ses pensées ?

— Je ne pensais pas du tout à ça ! s'exclama-t-elle, indignée.

— Moi si, mais je sais me maîtriser, même si c'est difficile.

42

Il la fit passer devant lui en lui jetant un coup d'œil interrogateur.

— Vous avez les yeux cernés. N'avez-vous pas bien dormi ?

— Non. J'ai travaillé une partie de la nuit.

— Quelle conscience professionnelle ! Je suis sûr que vos efforts trouveront leur juste récompense. Peter Surran saura les apprécier.

Ils marchèrent en silence pendant cinq minutes environ puis Dane s'engagea dans un chemin forestier.

— Personne d'autre que moi ne connaît cet endroit. Dans un certain sens, je vous en fais cadeau, Lynn.

Cette complicité l'étonna : hier agressif, aujourd'hui bienveillant, quel homme étrange ! Elle n'eut pas le temps de l'interroger car tout à coup, elle découvrit autour d'elle l'un des spectacles les plus enchanteurs qu'elle ait jamais vus. Le chemin forestier débouchait sur une clairière bordée de grands épicéas et de bouleaux, formant une sorte de promontoire d'où l'on avait l'impression de dominer le monde. A leurs pieds, la vallée évoquait un grand lac dans un camaïeu de vert et de bleu parsemé de taches blanches qui étaient autant de fleurs sauvages. Lorsque Lynn reprit son souffle, elle inspira une profonde bouffée d'un mélange enivrant de parfums ; puis en levant les yeux vers le bleu éclatant du ciel, elle vit deux oiseaux au plumage fauve tourner autour du soleil.

— Des éperviers, dit Dane doucement. Nous avons de la chance, il est rare d'en voir par ici.

Lynn se rendit compte soudain qu'il était tout près d'elle, si près qu'en se penchant en arrière, ne serait-ce qu'un peu, elle se retrouverait dans le cercle de ses bras. Elle tenta d'exprimer le charme ensorcelant qui émanait de cet endroit paradisiaque, sans y parvenir.

— C'est tellement beau, dit-elle à voix basse. Je n'ai jamais rien vu d'aussi beau. J'ai l'impression d'être dans une sorte de paradis.

Dane observait son visage avec attention.

— J'étais sûr que vous aimeriez cet endroit, alors j'ai décidé que vous ne quitteriez pas la Virginie avant d'y avoir pris votre dernier petit déjeuner avec moi.

Il désigna du menton un endroit au pied d'un arbre et Lynn vit un grand panier d'osier d'où dépassait le goulot d'une bouteille de champagne.

Elle se laissa tomber à genoux. Boston, le reportage, même le mauvais souvenir de leur dîner de la veille, tout semblait très loin. Il ne restait plus qu'une profonde sensation de bien-être et de paix.

— Je vous préviens que je suis affamée, dit-elle d'une voix joyeuse.

— J'aime les gens qui ont bon appétit, dit-il doucement.

Lynn plongea sa main dans le panier et en retira une nappe à carreaux rouges et blancs qu'elle étendit dans l'herbe. Dane l'aida à déballer le reste : des verres, des assiettes, du pain encore tiède, du fromage, des fruits, un poulet froid, des tomates.

— C'est un vrai festin, s'écria Lynn. Je ne m'attendais pas à cela en recevant votre message.

Dane lui tendit un verre de champagne.

— Je voulais vous montrer la montagne, la vraie montagne, avant votre départ. Je n'étais pas sûr que vous viendriez.

Elle remplit son assiette et commença à manger, le regard perdu dans la vallée. Quelle marque de confiance de l'avoir amenée ici où personne d'autre n'était jamais venu ! Elle lui jeta un coup d'œil à la dérobée et s'aperçut qu'il l'observait.

— Admettez-le, dit-il d'une voix rauque.

— Que j'admette quoi ?

— Que vous êtes venue ici par curiosité. A-t-il changé d'avis au sujet du reportage, oui ou non ? M'aidera-t-il, oui ou non ? Peut-être le petit intermède d'hier soir dans la voiture a-t-il ajouté un peu de piment et de suspense à toute l'histoire.

Lynn baissa la tête, découragée par tant de cynisme. Rien n'avait changé. Elle ne devait pas, elle ne devrait jamais sous-estimer Dane Vestry.

— Alors ? dit-elle en s'efforçant de parler avec froideur. Qu'avez-vous décidé ? Dites-moi simplement oui ou non. Je n'ai pas de temps à perdre en simagrées.

— Je croyais pourtant que vous aimiez jouer. C'est toujours de cette façon que vous obtenez ce que vous voulez. Tenez, ce matin, par exemple.

— Je ne comprends pas.

— Vous faites semblant de vous extasier sur cette vallée en espérant me fléchir. Vous avez pourtant dû voir des milliers de paysages plus romantiques. Des couchers de soleil sur les îles hawaïennes ? Ou peut-être Monte-Carlo ? La Riviera ? Je ne sais pas grand-chose des goûts des femmes riches mais je doute que la vue de mes vallées vous impressionne à ce point.

Ces mots n'éveillaient en elle aucune colère mais ils lui faisaient très mal. Elle se souvint de ses parents qui avaient rêvé pendant des années d'un voyage en Europe, qui avaient économisé dollar après dollar pour réaliser ce rêve. Et puis sa mère était tombée malade.

— Vous ne savez pas de quoi vous parlez.

Elle aurait voulu crier ces mots avec colère, mais elle avait parlé à voix basse et ses yeux s'étaient remplis de larmes qui roulaient déjà sur ses joues.

— Lynn, je suis désolé. Je ne voulais pas vous faire pleurer.

La voix de Dane était différente, chargée de remords. Elle sentit ses doigts caresser son visage puis la chaleur de ses lèvres se mêler à la chaleur des larmes sur sa joue. Ses baisers n'étaient plus impérieux comme la nuit dernière, mais tendres, apaisants.

— Je suis désolé d'avoir dit tout cela. Je ne voulais pas vous blesser, Lynn.

Il y avait dans sa voix des accents qu'elle n'avait jamais entendus, incontestablement sincères. Tout doucement, il se pencha vers elle et, quand il chercha ses lèvres, Lynn n'eut pas le moindre geste de résistance. Ce fut un baiser d'abord très léger, presque aérien, empreint d'une tendresse presque douloureuse. Bientôt une même vague de chaleur embrasa leurs corps, s'amplifia, emportant tout sur son passage et ils s'accrochèrent l'un à l'autre un long moment avec une force désespérée, leurs lèvres toujours unies, tour à tour exigeantes et caressantes.

Puis, avec une lenteur calculée, il s'écarta d'elle.

— Je crois qu'il est temps de goûter au champagne, dit-il.

Dans son regard, Lynn vit la lutte qui se livrait en lui entre sa promesse et son désir pour elle.

— Je... je ne veux pas de champagne, dit-elle d'une voix tremblante.

Sans rien dire, il la reprit dans ses bras et lui retira doucement son tee-shirt qui atterrit dans l'herbe odorante, aussitôt rejoint par le reste de ses vêtements. Il enleva prestement sa chemise et lui tendit les bras. Attirés par une force irrésistible, ils s'étreignirent, s'embrassèrent avec une tendre violence qui leur coupa le souffle et attisa le feu de leur passion. Dane l'allongea doucement dans l'herbe chaude et lui fit un oreiller de leurs vêtements épars. A genoux près d'elle, il la contemplait avec une expression d'étonnement ravi, de plaisir émerveillé.

— Vous ne pouvez savoir combien je vous désire, Lynn, murmura-t-il d'une voix rauque.

Puis il se pencha vers elle pour inonder d'une pluie de baisers ses paupières closes, ses lèvres, sa gorge, s'attardant langoureusement sur la peau soyeuse de ses seins. Lynn, la tête renversée en arrière, laissa échapper un gémissement de plaisir.

— Que pensez-vous de ma vallée maintenant? demanda-t-il en laissant courir voluptueusement ses doigts sur le satin de ses hanches.

Lynn était incapable de répondre, obnubilée par l'intensité de son désir.

— Savez-vous pourquoi j'ai tenu à venir ici avec vous ?

Elle acquiesça en tournant vers lui son visage radieux.

— Je voulais que vous soyez mienne, ici, au paradis.

En quelques gestes précis et fiévreux, il acheva de se dévêtir. Lynn leva les yeux vers lui et le soleil ne l'éblouit pas plus que la fière silhouette nue qui se découpait dans le bleu du ciel, tel un dieu de bronze. Comme il est beau ! se dit-elle tandis qu'il s'allongeait pour la reprendre dans ses bras.

— La nuit dernière, chuchota-t-il, j'ai voulu vous suivre jusqu'à votre chambre, vous enlever, vous emmener chez moi et vous aimer toute la nuit.

Les bras de Dane autour d'elle se resserrèrent et elle répondit à cette étreinte de toute la force de sa passion.

— Mais je voulais que vous veniez à moi de votre plein gré, avec un désir égal au mien, ajouta-t-il d'une voix haletante d'émotion.

A travers ses paupières mi-closes, Lynn vit le gris de ses yeux s'assombrir, puis plus rien car il l'entraînait très loin, très haut dans le ciel où ils se fondirent comme deux oiseaux au plumage fauve à la recherche du soleil.

Langoureusement, paresseusement, Lynn retrouva les réalités de la terre ferme. Dane était allongé à côté d'elle et il la serrait toujours étroitement contre lui.

— Lynn, ma chérie, murmura-t-il doucement.

En l'entendant prononcer son nom, elle sentit tout son être se gonfler de bonheur. Comment cela a-t-il pu arriver ? se demanda-t-elle, et ce fut son corps, triomphant et baigné d'un merveilleux bien-être, qui répondit. Elle s'étira avec délices, et au même moment Dane se renversa sur le dos et la souleva dans ses bras pour l'allonger contre lui. Lentement il leva la tête vers elle et embrassa doucement ses épaules.

Ce simple geste suffit à faire renaître en Lynn une

flambée de désir. Elle se serra contre son corps, parsemant son visage de petits baisers légers et furtifs.

— Voilà à quoi doit ressembler le paradis, dit-il d'une voix grave. Nous pourrions paresser dans l'herbe, boire du champagne et nous aimer jusqu'à ce que le soleil se couche et que les éperviers rentrent chez eux.

Comme pour souligner ses paroles, il reprit la ronde de ses caresses, de ses baisers. Lynn y répondait avec une ferveur, une passion, dont elle ne se serait jamais crue capable. Pourtant, en voyant du coin de l'œil les éperviers tourbillonner très haut dans le ciel, une autre image traversa soudain son esprit.

— Dane... mon avion ! Il décolle à dix heures et la route est longue de Greenwaye à Staunton.

— Laissez-le décoller sans vous, murmura-t-il dans ses cheveux. Le temps ne compte pas au paradis.

— Oui, il ne devrait pas compter...

Lynn jeta un coup d'œil à sa montre et s'aperçut avec angoisse qu'il était neuf heures. Elle voulut se lever, mais la langueur qui s'était emparée de ses membres autant que le bras puissant de Dane autour d'elle l'empêchèrent de bouger.

— Faut-il vraiment que vous partiez ? Restez, Lynn. Reconnaissez que ces collines ont bien plus de charme que les grandes villes.

— Vous avez raison. Pourtant...

Son travail, Peter, tout ce qui avait été le centre de sa vie depuis trois ans semblait si loin !

— C'est difficile à vous expliquer, Dane, mais ce que je fais est très important pour moi, dit-elle lentement.

— Plus important que le paradis ? insista-t-il.

Elle s'écarta un peu de lui. Si près de la chaleur de ce corps qui lui avait donné tant de bonheur elle était incapable de penser clairement. Cependant, elle devait mettre de l'ordre dans ses idées.

— J'ai traversé des périodes difficiles dans ma vie. Peter a été très bon pour moi lorsque j'ai eu besoin d'aide. C'est lui qui m'a permis de devenir une bonne journaliste. Alors vous devez comprendre que mon travail est important pour moi.

Elle chercha son regard mais vit avec désespoir que son visage était devenu impénétrable.

— Essayez de voir les choses de mon point de vue, supplia-t-elle.

— Votre point de vue ?

Il s'assit en face d'elle, superbe dans sa nudité de bronze.

— Je suppose que vous resteriez si je vous offrais de quoi faire un bon reportage ?

— Que voulez-vous dire ? balbutia-t-elle.

— Si je vous disais que le personnel de l'usine et moi-même sommes prêts à coopérer avec vous et à vous laisser tourner, vous téléphoneriez à Peter Surran, n'est-ce pas ? Et vous resteriez un jour, une semaine, davantage.

Les mains qui pesaient sur les épaules de Lynn étaient aussi dures que la voix qui venait de prononcer ces mots.

— Je crois, dit-elle d'une voix hésitante, mais puisque ce n'est pas le cas, je ne vois aucune raison de rester.

Il la relâcha brutalement.

— Evidemment. Ce qui vient de se passer ne vous paraît pas une raison suffisante. Peut-être l'aviez-vous même programmé dans le but de m'attendrir et de me soutirer des confidences ?

— C'est trop injuste ! cria Lynn. C'est vous qui m'avez demandé de venir ici. L'avez-vous déjà oublié ?

— Je voulais savoir si vous étiez une vraie femme ou seulement une journaliste au joli visage.

Le ton de sa voix l'atteignit comme une gifle.

— Je crois avoir eu la réponse.

Il lui tourna le dos et se rhabilla en silence. Lynn fit de même, les mains tremblantes, la gorge serrée. Puis elle se tourna vers lui.

— Au revoir, dit-elle doucement.

Il lui fit face, torse nu, superbe comme un bel oiseau de

proie cruel. Au moment où Lynn s'apprêtait à s'éloigner, il dit lentement :

— Au revoir, madame la journaliste. Vous aurez plus de chance une autre fois.

Chapitre 5

— C'EST VRAIMENT INSUFFISANT, LYNN.

— Mais, Peter, avec les séquences réalisées par Cora et la révélation que Dane Vestry est derrière Greenwaye Industries...

Peter Surran passa une main nerveuse dans sa crinière poivre et sel.

— C'est insuffisant pour une émission spéciale d'*Au jour le jour*. Dommage, Lynn, vous aviez là l'occasion rêvée de faire un reportage sur Dane Vestry et vous l'avez laissée passer. Vous vous en rendez compte, n'est-ce pas ?

Lynn ploya les épaules sous le poids du découragement. Elle qui avait travaillé si dur à la préparation de cette émission, voilà qu'aujourd'hui tous ses efforts étaient réduits à néant.

— J'ai fait de mon mieux, dit-elle en se redressant. Dane Vestry s'est tout simplement refusé à me fournir la moindre information.

A sa grande surprise, Peter haussa les épaules.

— Ce n'est pas nouveau. Vestry a toujours été comme ça : jaloux de sa vie privée à un point inimaginable. S'il s'était ouvert à vous, voilà qui aurait constitué un véritable scoop.

Les yeux bleus si perspicaces de Peter cherchèrent le regard de Lynn.

— Savez-vous combien pèse cet homme dans le monde des affaires ?

— Maintenant, oui, avoua-t-elle. Mais lorsque j'étais là-bas j'ignorais tout de sa réputation et je ne savais pas non plus qu'en tant qu'avocat il avait été aussi puissant.

Peter hocha la tête.

— Oui, à l'époque où il faisait la une des journaux vous étiez probablement encore étudiante. Quoi qu'il en soit, seuls quelques membres des hautes sphères du monde des affaires connaissent le passé et l'étendue des capacités de cet homme. Jusqu'à ces dernières années, il était l'avocat d'affaires le plus réputé. Il pouvait exiger n'importe quel prix et il obtenait toujours ce qu'il voulait. Ses clients n'étaient jamais insatisfaits.

Lynn se rappela ce que Dane lui avait dit des jeux auxquels se livraient les gens de son monde à elle.

— Et pourtant il protège sa vie privée avec un soin jaloux, dit-elle. N'y a-t-il pas là une contradiction ?

— Il a toujours préféré travailler dans l'ombre ; il se méfie des médias. Mais pour en revenir à ce qui nous préoccupe aujourd'hui, je pense confier ce reportage à Jack Reuben. Il a une longue expérience et connaît toutes les ficelles du métier.

Lynn acquiesça en silence et quitta le bureau feutré de Peter le visage brûlant. Elle ne pouvait lui en vouloir ; jamais il n'avait été injuste à son égard, au contraire. Alors qu'elle était encore débutante, travaillant dur pour une chaîne de télévision régionale, il l'avait engagée parce qu'il croyait en elle et il n'avait pas ménagé sa peine pour tout lui apprendre du métier. Le jour où il avait appris qu'elle devait effectuer un long trajet pour se rendre aux studios depuis son appartement de banlieue, il lui en avait trouvé un dans Beacon Hill, momentanément libre du fait d'un long séjour à l'étranger de sa propriétaire.

Bien sûr, Peter l'ignorait, mais en la déchargeant de ce travail il lui rendait encore une fois service. Comment aurait-elle pu retourner à Greenwaye ? Elle se mordit les lèvres en voyant resurgir dans sa mémoire l'image d'un visage taillé dans le bronze, d'une bouche au dessin ironique, de deux yeux gris aux reflets presque argentés.

— Lynn ! Ho ! Lynn !

L'un de ses camarades journalistes arrivait à propos pour l'arracher à ses douloureux souvenirs.

— Lynn, pouvez-vous être à l'aéroport de Logan d'ici une demi-heure ? L'équipe de prises de vues est déjà sur place. Le personnel navigant parle de se mettre en grève.

Lynn répondit qu'elle partait aussitôt. Elle avait déjà une longue journée derrière elle et c'était très bien ainsi. Tant qu'elle travaillait, elle réussissait plus ou moins à endiguer le flot des souvenirs qui menaçaient de l'envahir à chaque instant. Combien de temps lui faudrait-il pour chasser cet homme de sa mémoire ? Il y avait dix jours maintenant qu'elle était de retour à Boston mais le visage de Dane continuait à surgir dans ses rêves avec une inquiétante précision. Même le portrait de Brian sur son bureau semblait lui jeter des regards accusateurs et, saisie d'un brusque sentiment de culpabilité, elle l'avait caché dans un tiroir.

Une fois arrivée à l'aéroport, elle fut délivrée de ses sombres pensées dès qu'elle se plongea dans son travail. La direction et le personnel avaient entamé des négociations, qui promettaient d'être difficiles, sur les salaires et les conditions de travail. Une grève à l'échelon national paraissait de plus en plus probable.

— Si la grève a effectivement lieu, dit Lynn à Cora lorsqu'elle eut terminé son interview, nous serons les premiers à en être informés. Je pourrai suivre les négociations jusqu'au bout, quelle qu'en soit l'issue.

— Et peut-être Peter sera-t-il satisfait cette fois. J'ai

entendu dire que notre équipée en Virginie n'avait pas servi à grand-chose, intervint Roddy.

Cora le foudroya du regard puis se tourna vers Lynn.

— Vous avez l'air terriblement fatigué. Pourquoi ne rentrez-vous pas vous coucher ?

Mais Lynn retourna travailler aux studios pendant près de deux heures puis, au bord de l'épuisement, elle décida de regagner son appartement.

Elle ne s'était jamais vraiment sentie chez elle dans le vaste trois pièces de Beacon Hill. La propriétaire des lieux avait allié avec un goût parfait l'ancien et le moderne mais l'ensemble manquait totalement de chaleur et de vie et Lynn aurait donné cher pour un fauteuil bien confortable. Avec un soupir résigné, elle allait se laisser tomber sur le canapé Louis XV lorsque le téléphone se mit à sonner.

— Lynn ?

C'était Peter. A quoi d'autre s'était-elle attendue ?

— J'essaie de vous joindre depuis des heures. Où étiez-vous donc passée ?

Alarmée par l'impatience et la fébrilité de Peter, Lynn lui demanda ce qui se passait.

— J'ai des nouvelles pour vous, Vestry est ici.

Elle faillit lâcher le récepteur.

— Vous voulez dire ici, à Boston ? Mais pourquoi ?

— Ça, c'est à vous de le découvrir. Il est descendu au Sheraton, chambre 510.

La panique s'empara de Lynn qui serra le récepteur de toutes ses forces.

— Je croyais que c'était Jack Reuben qui s'occupait désormais de cette affaire.

— Jack est en reportage en Californie. Et d'ailleurs j'ai réfléchi. Vous convenez parfaitement pour ce travail. Vous avez déjà pris contact avec Dane et, si j'ai bonne mémoire, il a un faible pour les jolies femmes. C'est plutôt le genre séducteur mais, d'un point de vue professionnel, il ne devrait pas vous poser de problème.

D'un point de vue professionnel. Oui, c'était sous ce

seul aspect qu'il fallait désormais considérer la situation. Lynn s'efforça de prendre une voix posée.

— Croyez-vous que son voyage à Boston ait un rapport avec son entreprise ?

— Ce n'est pas Greenwaye Industries qui m'intéresse, dit Peter.

De surprise, Lynn ouvrit la bouche toute grande et attendit la suite.

— Ce qui m'intéresse, c'est Vestry en tant qu'homme. Personne ne l'a jamais vraiment approché de près. Personne ne connaît les motifs de ses actes. Je veux une analyse en profondeur du personnage. Je veux du sensationnel.

— Peter, je ne peux pas faire ça ! s'exclama Lynn malgré elle.

— Bien sûr que si. Vous êtes jolie, intelligente et il vous connaît déjà. S'il est à Boston pour affaires, offrez-lui un maximum de publicité. Suivez-le partout, faites l'impossible pour tout savoir de lui, et prenez des notes.

Facile à dire. Si Peter savait... Elle tenta un dernier argument.

— Vous avez dit vous-même qu'il était très jaloux de sa vie privée. Il ne me laissera jamais l'approcher d'aussi près.

— C'est à vous de le convaincre, dit Peter sur un ton sans réplique. Lynn, beaucoup de gens m'ont critiqué lorsque je vous ai engagée. Vous avez aujourd'hui la chance de prouver à tous qu'ils avaient tort.

Et de rapporter la tête de Dane Vestry en trophée, acheva Lynn pour elle-même tout en raccrochant. Elle imaginait déjà la réaction de Dane si elle lui proposait une chose pareille ! Elle redoutait même de simplement le revoir.

Je ne l'appellerai que demain, se dit-elle pour se donner du courage. Et lorsque je l'appellerai, je préciserai d'entrée que mes motifs sont strictement profession-nels. Je lui exposerai ce que je veux et s'il dit non, j'irai en référer à Peter. Il n'aura plus qu'à confier le travail à quelqu'un d'autre.

Cette nuit-là elle eut du mal à s'endormir et son sommeil fut peuplé de rêves où revenait toujours le même visage. Lorsqu'elle se réveilla, il faisait déjà grand jour et son premier geste fut d'appeler l'hôtel Sheraton. Elle réussit presque à se persuader qu'une fois cette corvée effectuée elle n'aurait plus à y penser. A la réception, on lui répondit que M. Vestry était absent. Lynn fut sur le point de laisser un message, puis changea d'avis.

— Je rappellerai plus tard, dit-elle.

Durant la matinée, elle composa deux fois le numéro du Sheraton mais chaque fois elle s'entendit répondre que M. Vestry n'était pas rentré. Elle savait qu'elle aurait dû se rendre personnellement à l'hôtel ou au moins laisser un message mais elle retardait le plus possible le moment inévitable de la confrontation. L'après-midi, elle ne rappela pas et, lorsqu'elle retourna aux studios en fin de journée, elle trouva sur son bureau un message qui lui apprit qu'une certaine Ruth au fort accent virginien lui demandait de la rappeler.

Ruth. Ce ne pouvait être que Ruth Shearer. Lynn sentit sa gorge se serrer. Ainsi Ruth était venue à Boston avec Dane. Après tout, peut-être était-ce mieux ainsi. Ruth pourrait l'aider à reprendre contact avec Dane et la présence de la jeune femme permettrait à leur entretien de rester sur un plan strictement professionnel. Elle composa le numéro qu'avait laissé Ruth.

A sa grande surprise, une voix de femme lui répondit immédiatement.

— Clinique du Massachusetts, service ophtalmologique.

Une clinique ! Que faisait Ruth dans une clinique ? Elle se rappela alors les troubles visuels du petit James et demanda à la standardiste le numéro de leur chambre. Quelques secondes plus tard, la voix douce de la jeune femme résonnait dans le combiné.

— Lynn ! Je suis si contente de pouvoir vous joindre. Je ne connaissais pas votre numéro personnel, alors j'ai appelé aux studios. Je ne voulais pas vous déranger mais Dane assiste à une réunion importante et je ne connais personne d'autre à Boston...

Elle marqua une pause et poursuivit d'une voix hésitante.

— C'est James.

Lynn comprenait de moins en moins.

— Il s'est passé quelque chose ? Que puis-je faire pour vous ?

— J'ai amené James ici pour l'opération de son œil. Il a très peur et il est plutôt déprimé. Je ne connais pas du tout la ville et je ne veux pas perdre de temps à chercher partout un magasin de jouets. La boutique cadeaux de l'hôpital ne propose pas grand-chose pour les enfants et... eh bien, je me demandais si vous connaissiez un magasin près de l'hôpital.

Inexplicablement, Lynn sentit une bouffée de joie l'envahir.

— Je vais trouver quelque chose pour lui remonter le moral. Si la circulation le permet, je serai là dans une demi-heure.

D'un cœur léger, Lynn s'arrêta dans un magasin de jouets où elle acheta des livres à colorier, des jeux, un énorme hippopotame bleu et, sur une soudaine impulsion, une dizaine de ballons multicolores.

Lorsqu'elle pénétra dans le hall de la clinique puis s'engagea dans le couloir, elle ne passa pas inaperçue. Les bras chargés de ses énormes paquets, elle eut du mal à se frayer un chemin. Mais elle fut largement récompensée de ses efforts en voyant s'illuminer le regard de James. Il se jeta aussitôt sur l'hippopotame et sa mère accrocha les ballons au montant du lit.

— C'est tellement gentil à vous, dit Ruth d'une voix émue. Je m'en veux de vous avoir dérangée mais je ne connais vraiment personne à Boston. On a un tel sentiment de solitude ici. A Greenwaye nous sommes tous solidaires les uns des autres.

Ruth avait l'air fatigué et l'inquiétude perçait sous son sourire. Lynn la rassura du mieux qu'elle put en insistant sur l'excellente réputation de l'hôpital si bien que Ruth finit par se détendre un peu.

— Je sais que c'est un excellent hôpital. C'est pour cela que j'ai laissé Dane nous persuader de venir ici avec lui. C'est simplement la cataracte, mais James est si petit. Son père aussi avait des problèmes visuels mais nous n'avons jamais pu nous permettre le luxe d'une opération.

Elle jeta un coup d'œil furtif à Lynn et ajouta à mi-voix :

— J'imagine que cela doit vous sembler étrange.

Lynn hocha la tête.

— Je ne sais pas ce que Dane vous a raconté, mais je connais aussi les fins de mois difficiles. Mon père était plombier et ma mère infirmière. Après leur mort, j'ai dû travailler pour payer mes études.

— Vraiment ?

L'étonnement de Ruth était sincère mais, avant qu'elle ait pu en dire davantage, un bruit d'explosion retentit dans la pièce : James riait aux éclats.

— Maman, Lynn ! Mes ballons claquent !

— Alors fais-en claquer un autre, dit Lynn joyeusement.

James s'empressa d'obéir. Des enfants venus des chambres voisines l'encouragèrent à leur tour et bientôt ce fut un brouhaha de rires et de cris de joie.

Lynn et Ruth faisaient semblant de se boucher les oreilles à chaque explosion. Par-delà le tumulte, la mère de James glissa à l'oreille de la jeune journaliste :

— C'est exactement ce dont James avait besoin, s'amuser un peu et se faire des amis. Je suis heureuse de vous avoir appelée plutôt que d'avoir dérangé Dane.

— Moi aussi, je suis heureuse...

Lynn s'arrêta lorsqu'une voix dure, indignée, s'éleva dans la pièce, couvrant les cris joyeux.

— Mais que se passe-t-il ici ? demanda la voix.

Lynn pivota sur ses talons et faillit défaillir en voyant la haute silhouette d'un homme vêtu d'un costume impeccable et dont le regard était aussi froid que l'acier.

— Que se passe-t-il ici ? répéta-t-il.

Puis, sans attendre de réponse, il se tourna vers Lynn et poursuivit :

— Que faites-vous ici, vous ?

Chapitre 6

LA PETITE VOIX DE JAMES BRISA LE SILENCE TENDU.

— Lynn m'a apporté des ballons, monsieur Dane.

Le visage de Dane s'adoucit.

. — Tu devrais rester couché tranquillement et ne pas te mettre dans un tel état d'excitation.

Son regard retrouva sa froideur lorsqu'il se tourna vers Lynn.

— Il n'est pas ici pour s'amuser mais pour y être opéré.

Bien sûr, il lui prêtait encore les plus noires arrière-pensées ; selon lui, elle se servait de la vulnérabilité de James pour reprendre contact avec lui. Eh bien, elle en avait assez. Elle ne voulait plus entendre parler de toute cette histoire. Que Peter trouve un autre moyen. Elle redressa fièrement la tête et s'apprêtait à lui dire tout cela lorsque Ruth intervint.

— N'en veuillez pas à Lynn. James était nerveux et il se sentait seul. Je ne voulais pas vous déranger pendant votre réunion. Alors, je me suis souvenue que Lynn travaillait à Boston et je l'ai appelée aux studios ; elle est venue aussitôt, voilà tout.

Elle jeta un coup d'œil à James dont le visage irradiait de bonheur.

— Il avait simplement besoin de s'amuser un peu avec des enfants de son âge.

— J'aurais préféré que vous me téléphoniez. Je vous avais dit de le faire si James ou vous aviez besoin de quoi que ce soit.

Le visage de Dane s'éclaira un peu et il alla s'asseoir sur le lit près du petit garçon qui se blottit avec confiance contre son épaule. Tandis que Ruth se penchait vers son fils, Lynn éprouva une soudaine et violente nostalgie. Ses parents aussi se penchaient sur elle lorsqu'elle était malade et elle s'était sentie si bien dans ce cercle de chaleur et d'amour. Plus tard, il y avait eu Brian, la délicieuse et rassurante sensation d'être désirée, aimée...

D'un geste brusque elle se leva et ravala la boule qui lui serrait la gorge.

— Je m'en vais, Ruth, dit-elle doucement. Je suis ravie que James se sente plus gai.

Sans attendre de réponse, elle prit son sac et se dirigea vers la porte. Elle avait déjà parcouru la moitié du couloir lorsqu'elle entendit quelqu'un crier son nom.

— Lynn, attendez un instant.

Déjà il était derrière elle.

— Oui ?

— Je suis désolé. Cette fois, j'ai eu tort.

Elle le dévisagea avec stupéfaction. Il ne devait pas être facile à Dane Vestry de faire des excuses. Jamais elle ne lui avait vu ce sourire contrit.

— Avant aussi vous aviez tort, dit-elle froidement.

— Il faut que je vous parle.

— On m'attend aux studios. Désolée.

Elle se remit en marche, Dane à ses côtés.

— Ne me dites pas que vous êtes trop occupée pour parler affaires, ce serait bien la première fois. Lors de nos précédentes rencontres vous sembliez vouloir faire votre reportage à tout prix.

Bien qu'elle baissât la tête pour éviter son regard, elle

était terriblement sensible à la présence de cet homme si proche d'elle et son corps se souvenait avec une douloureuse nostalgie des caresses si douces de ses mains puissantes. Elle accéléra le pas et arriva à hauteur de l'ascenseur avant lui. La main tendue, elle s'apprêtait à appuyer sur le bouton mais, avant qu'elle ait pu effectuer ce geste, la main de Dane avait saisi la sienne.

— Si je vous disais que j'ai décidé d'accorder à l'émission *Au jour le jour* une interview exclusive sur Greenwaye Industries ?

— Vous avez décidé quoi ?

Manifestement satisfait de l'effet produit, Dane lui adressa un regard où l'ironie se mêlait au triomphe.

— Vous avez réussi à me convaincre que ma société avait besoin de publicité à l'échelon national. Je propose une émission en deux parties : d'abord, un reportage sur l'entreprise qui existe déjà en Virginie, ensuite la présentation d'une filiale que je compte ouvrir dans la région de Boston.

Il marqua une pause et ajouta avec un petit sourire :

— Enfin, si toutefois vous acceptez d'en parler.

Il avait l'air parfaitement à l'aise mais Lynn se sentait complètement désorientée. A quoi jouait-il encore ?

— Alors, Lynn ? Je croyais que vous bondiriez sur l'occasion de réaliser enfin votre reportage. Lorsque j'ai téléphoné à Peter Surran, il m'a paru plutôt enthousiaste.

— Vous avez appelé Peter ?

— Votre patron m'a fait savoir que vous étiez dégagée de toutes vos autres obligations pour rester auprès de moi « quoi que je fasse et où que j'aille » — je cite ses propres termes.

Il observa attentivement le visage de Lynn et ajouta :

— Ruth vient de me faire savoir qu'elle se passerait bien de ma compagnie ce soir. Si nous dînions ensemble ?

Sans attendre de réponse il exerça une légère pression sur la main de Lynn, toujours posée sur le bouton de l'ascenseur, et les portes s'ouvrirent immédiatement.

Lynn avait du mal à mettre un peu d'ordre dans ses pensées. Tout devenait soudain trop facile. Elle lui jeta un coup d'œil furtif et, en découvrant son regard fixé sur elle, une flamme dévorante courut dans ses veines. Non, ce ne serait pas facile du tout. Ce sera le reportage le plus difficile de ma carrière, se dit-elle, et je n'y arriverai jamais s'il pose la main sur moi ou s'il continue à me regarder comme ça.

— Vous êtes bien silencieuse, Lynn. En Virginie vous étiez plus bavarde.

Lynn se força à le regarder droit dans les yeux.

— Puisque vous envisagez une émission en deux parties, je suppose que vous avez parlé avec Peter de la date de diffusion du premier volet ?

— Oui. Votre patron et moi-même avons décidé que les séquences tournées à Greenwaye, complétées par une interview de moi, passeraient dans le programme de cette semaine.

— Cela ne me laisse pas beaucoup de temps.

Lynn réfléchissait très vite. Le texte dont Peter n'avait pas voulu à son retour de Virginie pourrait être remanié pour servir de présentation à l'interview. Les séquences tournées dans les montagnes et à l'usine étaient suffisantes. Si Cora pouvait se charger des prises de vues de l'interview demain matin puis développer la pellicule rapidement...

— Je vous laisse le choix du restaurant, Lynn. Rien de tel qu'un bon repas pour faciliter une discussion d'affaires, même si le repas se limite à un pique-nique arrosé de champagne.

Lynn ne releva pas l'allusion. La soirée chez Foxx lui revenait en mémoire. Quel restaurant de Boston était à la hauteur des exigences d'un Dane Vestry ? se demandat-elle. C'est alors qu'elle pensa à Mac's. Il serait intéressant de voir Dane sur son terrain à elle, débarrassé de son argent et de son pouvoir.

— Je connais un restaurant près des studios où notre équipe se retrouve souvent. Rien de luxueux mais on y sert la bière la plus fraîche et les meilleurs sandwichs de Boston.

Elle s'attendait à un commentaire, mais Dane se contenta d'acquiescer d'un signe de tête.

— Dans ce cas, dit-il, nous prendrons ma voiture et je vous ramènerai ici ensuite. J'aimerais passer un moment avec James avant que le temps de visite soit écoulé. D'accord ?

— Comme vous voudrez, dit Lynn.

Elle constata alors avec étonnement que Dane se dirigeait vers une Mercedes blanche.

— Cette voiture est-elle réservée pour vos séjours à Boston ? demanda-t-elle en se souvenant de la Jaguar.

Il haussa les épaules, comme si cette question n'avait vraiment aucune importance.

— Je viens souvent à Boston pour affaires ; alors il est pratique d'y avoir un véhicule en permanence.

De l'extérieur, Mac's n'avait rien de très engageant avec sa façade décrépie et sa porte de guingois. Mais, à l'intérieur, il régnait une atmosphère bruyante et chaleureuse. Ils commandèrent tous deux de la bière et la spécialité de la maison, un consommé d'huîtres accompagné de petites galettes.

— Comment, pas de questions ? demanda Dane lorsque le serveur se fut éloigné.

Lynn sursauta. Dans sa mémoire défilaient des paysages de montagne, des souvenirs de caresses et de folles étreintes. Elle dut faire appel à toute sa volonté pour se concentrer sur des préoccupations plus professionnelles, car après tout elle était ici pour cela, et uniquement pour cela. Elle interrogea donc Dane sur les origines de Greenwaye Industries ; à mesure qu'il parlait, la journaliste prenait le pas sur la femme. Dane avait conçu un plan à la fois simple et génial. Il s'était inspiré des méthodes de travail japonaises qu'il avait adaptées à la mentalité américaine. Le résultat avait dépassé toutes ses espérances. Il lui apprit aussi que Greenwaye Industries réalisait des bénéfices substantiels et que les produits de l'usine se vendaient aussi bien en Virginie qu'en Pennsylvanie et en Caroline du Sud.

— Mais pourquoi créer une filiale si loin à l'est ? demanda Lynn. Ne prenez-vous pas un gros risque ?

— Pas vraiment. Cette région a été autrefois un centre important du textile et de l'habillement. J'ai de nombreux contacts ici. Si l'on tient à réaliser ses objectifs, il est parfois bon de prendre des risques.

A la fin du dîner, Lynn s'aperçut qu'elle disposait maintenant d'une matière très riche pour réaliser l'interview.

— Nous reverrons ces questions ensemble demain avant l'interview, dit-elle. Je vais convenir ce soir avec mon équipe de l'heure des prises de vues, du lieu...

— Pourquoi pas dans ma suite du Sheraton ? demanda Dane. Après l'interview, j'organise un déjeuner chez Jimmy. Il y aura là quelques hommes d'affaires très importants, vous pourrez effectuer des enregistrements intéressants. Bien d'autres choses seront passionnantes aussi pour vous et moi.

Depuis un moment, Lynn s'était détendue en retrouvant les automatismes de son travail. Mais la dernière phrase de Dane avait sonné comme un avertissement.

— Je ne crois pas, dit-elle froidement.

— Pourquoi pas ? Vous n'avez pas apprécié notre petit déjeuner au soleil ?

Que révélaient les yeux gris en cet instant ? Un défi ? De l'insolence ? Dane paraissait toujours si sûr de lui !

— C'était simplement un moment de folie. Il ne faut pas que cela se reproduise. Je ne pourrai faire mon travail correctement que si nous nous limitons à des relations strictement professionnelles.

Le cœur de Lynn battait follement mais elle savait qu'il lui fallait parler franchement.

Soudain Dane tendit la main et ses longs doigts hâlés vinrent se mêler à ceux de Lynn, effleurant doucement la bague d'argent que la jeune femme portait à l'annulaire.

65

— Pas de folies ce soir ? murmura-t-il.

— Non. Il faut que je garde une certaine distance.

Elle avait dit ces mots avec une assurance qu'elle était loin de ressentir.

— Si j'accepte vos conditions, vous devrez accepter l'une des miennes. Durant quelques jours, vous serez plus proche de moi que personne ne l'a jamais été dans ma vie professionnelle. Vous assisterez aux réunions et vous entendrez beaucoup de choses qui devront rester confidentielles. C'est-à-dire que je dois pouvoir vous faire confiance.

— Je ne vois pas ce que vous voulez dire.

— Je veux que vous me promettiez de ne rien dévoiler de ma vie professionnelle ou de celle de mes amis sans mon autorisation.

— Ce sera difficile, dit-elle en s'efforçant de prendre un ton léger. Je ne peux faire un reportage sur vous sans qu'y figurent quelques détails personnels.

— Si vous êtes la journaliste de talent que vous prétendez être, vous le pouvez. Telles sont mes conditions. Pas d'indiscrétions sur mon passé personnel, pas de commérages sur ma vie à Harvard. Si vous ne vous sentez pas capable de souscrire à ces conditions, j'appelle Peter Surran immédiatement et je lui demande de trouver quelqu'un qui joue le jeu selon mes règles à moi.

Piquée au vif, Lynn redressa le menton.

— Je saurai me débrouiller, dit-elle précipitamment.

— Bien. Je crois qu'il est temps pour moi de retourner auprès de James.

Pendant tout le trajet qui les séparait de l'hôpital, ils n'échangèrent que de banales politesses. Lynn sentait fondre peu à peu son assurance. Que penserait Peter d'une telle condition ? Alors que Dane garait la Mercedes, la jeune journaliste fut tentée un instant d'essayer de le dissuader. Mais, sous son regard si pénétrant, tout courage l'abandonna.

D'un geste hésitant, elle saisit la main qu'il lui tendait.

— A demain. Et... n'oubliez pas notre accord.

Dane se pencha et effleura de ses lèvres les doigts fins.

— C'est promis. Vous découvrirez vite que je suis un homme de parole, Lynn.

Chapitre 7

LE LENDEMAIN MATIN A DIX HEURES, TOUTE L'ÉQUIPE DE tournage se retrouva dans la suite de Dane Vestry. Lynn était arrivée à l'hôtel la gorge nouée par l'appréhension, mais elle comprit aussitôt qu'elle avait eu tort de s'inquiéter. Dane fut parfait et l'interview se déroula dans les meilleures conditions.

Lorsque Cora, Roddy et Ted en eurent terminé avec les enregistrements et les prises de vues, Dane leur offrit à tous le café, puis il se tourna vers Lynn.

— J'aimerais vous faire rencontrer quelques-uns de mes invités. Il s'agit d'une réunion d'affaires, bien entendu.

Lynn sentit son cœur bondir de joie et vit Ted et Roddy échanger un regard entendu. Depuis que Lynn avait rejoint leur équipe, ils veillaient sur elle comme deux bons chiens de garde. Dane aussi surprit leur regard et sourit d'un air amusé.

— La réunion durera une heure au maximum, dit-il. Ensuite, je vous invite tous à déjeuner chez Jimmy. Je vous propose de nous retrouver là-bas vers treize heures, ainsi vous pourrez enregistrer ce qui vous semblera intéressant.

Lorsque Lynn se retrouva seule avec Dane, elle se sentit soudain mal à l'aise. Comment mener à bien sa mission si, en sa présence, tant de souvenirs venaient la troubler ? Elle préféra rompre le silence.

— Qui sont vos invités ? demanda-t-elle.

— Des hommes d'affaires très importants. Votre vrai travail commence aujourd'hui, maintenant. J'ai fait venir ici quatre personnes avant le déjeuner. Nous serons trop nombreux chez Jimmy pour nous permettre des entretiens privés. Dans quelques minutes vous vous trouverez en présence de quatre hommes qui, chacun dans leur domaine, sont des maîtres incontestés. Je veux que vous écoutiez toutes nos conversations et que vous notiez leurs réactions à ce que je dirai.

Le visage de Dane était serein, mais Lynn discerna une certaine tension dans sa voix.

— Est-ce tellement important ?

Il hocha la tête en silence et Lynn éprouva un désir étrange, presque irrésistible, de lui offrir toute l'aide dont elle était capable. Cette impulsion était si forte qu'elle faillit faire un pas vers lui et prendre ses mains dans les siennes pour l'assurer qu'elle ferait le maximum pour lui. Elle réussit à se contrôler à temps en repensant à la mission bien précise qui lui était confiée. Ne te fais pas d'illusions, se sermonna-t-elle vertement, lorsque ton travail sera terminé, tu ne le reverras plus.

A ce moment-là, elle entendit avec soulagement des coups frappés à la porte. Ce n'était pas encore les invités mais le garçon d'étage poussant un chariot chargé d'alcools divers et de canapés au caviar et au saumon. A peine avait-il disparu que le téléphone se mit à sonner. Dane décrocha, échangea quelques paroles brèves avec son interlocuteur et raccrocha en se tournant vers Lynn.

— Ils arrivent tous ensemble. Gerald Manning vient d'appeler de la réception.

Lynn ouvrit des yeux ronds.

— Je suppose que vous savez qui est Gerald Manning, dit Dane.

Qui ne le savait pas ? Avant qu'elle ait pu répondre, on frappait à la porte. Dane alla accueillir les quatre hommes.

Pendant les présentations, Lynn eut le temps de les observer et de s'étonner que ces hommes, que l'on appelait les Quatre Grands dans le monde des affaires du Massachusetts, se soient rendus ici à l'invitation de Dane Vestry. Elle reconnut instantanément Gerald Manning. Ce P.-D.G. de l'une des plus grandes entreprises de la côte Est avait été l'invité de l'émission *Au jour le jour* quelques semaines plus tôt. Le petit homme mince près de lui était Cy Warren, un banquier de renom. Il y avait aussi un géant chauve du nom de Bill Myers que Lynn ne connaissait pas. Mais ce fut surtout la présence de Frank Lestein qui l'étonna. Ainsi même lui, ce personnage tout-puissant, admiré et redouté dans les milieux de la finance, se dérangeait en personne pour rencontrer Dane !

Après avoir présenté Lynn aux Quatre Grands et leur avoir expliqué brièvement que la jeune journaliste était chargée d'une mission publicitaire, Dane offrit les boissons et les canapés. Tout en remplissant son assiette, Frank Lestein prit Lynn à part.

— Ainsi *Au jour le jour* s'intéresse déjà au nouveau projet de Dane. J'aurais dû m'en douter. Comme dit le proverbe, il ne laisse jamais l'herbe repousser sous ses pieds.

— Messieurs, dit Dane avec un grand sourire, je lève mon verre au bon vieux temps.

Gerald Manning éclata de rire.

— Puisque nous parlons du bon vieux temps, j'espère que nous sommes du même côté de la barrière. Vous m'avez déjà fait de ces peurs !

— Moi aussi, Gerry, j'espère que nous sommes du même côté, dit Dane avec un air mystérieux qui intrigua aussitôt Cy Warren, le banquier.

— Que se passe-t-il exactement, Dane ? Lorsque j'ai appris que vous étiez à Boston, j'ai annulé tous mes autres rendez-vous.

Avec un petit rire il ajouta :

— J'imagine que nous allons parler finances.

— Exactement, dit Dane.

Il se lança alors dans une description enthousiaste de l'évolution de Greenwaye Industries, cette usine perdue dans les montagnes dont les bénéfices croissaient à tel point qu'une chaîne nationale de télévision avait décidé de consacrer une émission en deux parties pour expliquer ce phénomène. Tandis qu'il parlait, les Quatre Grands se concentraient sur les faits, les chiffres et les propositions concrètes qu'énonçait Dane. Quant à Lynn, elle observait son visage. Il y avait quelque chose de tendu et de dominateur dans son regard. C'est lui qui dictait les règles du jeu et visiblement il y prenait plaisir.

— J'ai choisi Boston parce que j'y ai de nombreuses relations d'affaires et que cette ville a été jadis très réputée pour son industrie du cuir et de l'habillement. Je crois que Greenwaye Industries a de grandes chances ici. Sa croissance est remarquable : les bénéfices sont supérieurs de vingt pour cent par rapport à l'année dernière. L'entreprise que je compte créer dans les environs de Boston emploiera un personnel local qui sera associé aux bénéfices et se verra garantir des emplois stables.

— Ce genre de projet a déjà été appliqué dans le passé, intervint Lestein, et avec succès. Ce que vous proposez, une grande entreprise au moins l'a déjà fait.

Manning semblait plus réticent.

— Oui, mais l'entreprise de Dane est une petite entreprise. Supposez que nous en assurions le financement...

— Bien sûr que vous en assurerez le financement, dit Dane tranquillement. La taille d'une entreprise n'est pas l'élément déterminant. Ce qui compte c'est qu'elle soit bien gérée et réponde à un besoin réel. Sur ce point-là, l'avis de Bill Myers serait intéressant. Qu'en pensez-vous, Bill ?

A partir de là, la discussion se fit plus technique et Lynn se retira dans un coin de la pièce pour observer les réactions de chaque homme, comme Dane le lui avait demandé. Elle avait été impressionnée lorsque Peter Surran lui avait parlé de la réputation de Dane mais elle l'était encore plus maintenant qu'elle le voyait à l'œuvre. En moins d'une demi-heure, il avait rallié les Quatre Grands à son point de vue.

Ils avaient tous le regard pensif quand ils sortirent un peu plus tard après s'être donné rendez-vous à treize heures chez Jimmy.

Dane se tourna vers Lynn avec un sourire malicieux.

— Alors, quelles sont vos impressions, chère madame ?

— Très bonnes. Manning et le banquier semblaient particulièrement intéressés. Bill Myers brûlait d'envie d'accepter votre offre immédiatement. Quant à Lestein, je ne saurais dire.

— Oui, reconnut Dane, c'est un vieux renard. A propos de Bill, vous avez raison. Il se voit déjà président de la nouvelle filiale.

Toute tension avait disparu de son regard pour faire place à une expression de triomphe. Et à autre chose aussi.

— Vous semblez si sûr de vous, dit Lynn.

— Oui. J'obtiens toujours ce que je veux.

Lentement il s'approcha de Lynn et posa ses mains sur ses épaules.

— Vous savez, n'est-ce pas, que j'obtiens toujours ce que je veux ? murmura-t-il.

Lorsqu'il pencha la tête vers elle, Lynn n'eut même pas conscience de son geste. Comme dans un rêve, elle avait fermé les yeux et rejeté la tête en arrière dans l'attente de son baiser. Le temps cessa d'exister tandis qu'avec une lenteur délibérée des lèvres chaudes et impatientes emprisonnaient les siennes. Toutes ses bonnes résolutions envolées, elle noua ses bras autour de son cou et, au fur et à mesure qu'elle s'abandonnait, le baiser de Dane

72

se faisait plus tendre, plus voluptueux, et son étreinte plus impérieuse.

Je dois être folle, complètement folle, se dit Lynn avec un étonnement mêlé de frayeur. Avec un petit soupir qui était presque une plainte, elle s'arracha à ses lèvres et chercha son regard. Dans les yeux gris argentés brillaient la flamme de la victoire, le plaisir du chasseur devant une belle proie. Les yeux fermés, elle le repoussa des deux mains. A sa grande surprise, il la lâcha aussitôt et recula d'un pas.

— Vous aviez dit... vous aviez promis que nos relations se limiteraient au plan professionnel, chuchota-t-elle.

— Je n'ai pas oublié, dit-il doucement. Je n'irai qu'aussi loin que vous me laisserez aller.

Et je vous laisse m'embrasser sans protester, pensa-t-elle amèrement. Parce que vous saviez bien que je ne protesterais pas. Elle réussit pourtant à se ressaisir et à prendre une attitude détachée.

— Je crois qu'il est temps de partir. Vos invités vont arriver chez Jimmy très bientôt.

— Hélas, vous avez raison. Il y aura beaucoup de monde là-bas. Après le déjeuner, il y a une autre réunion et ce soir un dîner avec des collaborateurs de Gerald Manning. Je ferais bien de vous donner tout de suite notre emploi du temps de demain.

Il lui jeta un coup d'œil ironique et ajouta :

— A moins que je ne vous persuade de me tenir compagnie pour des activités moins fastidieuses.

Maintenant il riait franchement, il se moquait d'elle et de la facilité avec laquelle il avait balayé ses bonnes résolutions. Mais on ne l'y reprendrait plus, elle se le jurait. D'une certaine manière, ce que venait de faire Dane lui facilitait les choses. Lorsque Peter lui avait demandé de trouver des renseignements de caractère personnel sur Dane, elle avait eu bien des scrupules. A présent, sa conscience était considérablement allégée.

Chapitre 8

LORSQUE APRÈS LE DÉJEUNER LYNN RETOURNA AUX STUDIOS avec l'équipe de tournage, Peter la fit aussitôt appeler dans son bureau. Elle était encore très impressionnée par ce qu'elle venait de vivre chez Jimmy.

— Citez-moi le nom de n'importe quelle personnalité connue et vous êtes sûr qu'elle était présente à ce déjeuner : des financiers, des présidents de groupements industriels, des intellectuels, des professeurs d'université, des hommes politiques. Même le maire était là.

Peter hocha la tête en signe de satisfaction. Une réunion avec les Quatre Grands et un déjeuner de gala le même jour, il avait toutes les raisons d'être optimiste.

— Je pense que nous avons là une matière intéressante pour le second volet de l'émission. Mais n'oubliez pas, Lynn, que la rétrospective des activités professionnelles de Vestry doit être illustrée de détails sur sa vie privée. Où en êtes-vous à ce propos ?

Lynn eut un geste d'hésitation.

— Peter, sur ce plan-là, je suis beaucoup moins sûre de moi.

— Je sais qu'il est difficile de connaître l'intimité de

Vestry. Mais j'ai toute confiance en vous. Jusqu'à présent vous avez fait une excellent travail.

Lynn n'eut pas le temps de répondre car Seth William, l'assistant de la production, frappait à la porte. Il avait besoin de Lynn tout de suite pour visionner le film de l'interview et mettre au point le texte du commentateur.

Elle regagna son bureau pour revoir une dernière fois quelques points de détail de l'interview qui devait être diffusée le lendemain ; son dos et ses épaules commençaient à la faire souffrir. Elle ne prêta pourtant aucune attention à la douleur. Lorsqu'elle travaillait, plus rien n'existait pour elle : ni faim, ni fatigue, ni entourage. Plus tard, elle le savait, elle s'effondrerait dans son luxueux et si peu accueillant appartement de Beacon Hill où elle dînerait d'un potage en sachet avant de se traîner au lit.

— Je donnerais bien un dollar pour connaître vos pensées en cet instant.

Curieusement, Lynn ne fut pas surprise du tout de voir la haute silhouette de Dane s'encadrer dans l'embrasure de la porte. La première pensée qui traversa son esprit fut qu'il avait changé de tenue, troquant le costume gris perle et la chemise blanche qu'il portait le matin contre un pantalon bleu marine et un pull en cachemire bleu pâle.

— N'aviez-vous pas une réunion importante ce soir ? demanda-t-elle.

— Si, mais je l'ai annulée. Il est arrivé quelque chose d'imprévu qui ne pouvait pas attendre et Gerald Manning a très bien compris.

Du menton il désigna la masse des feuillets qui jonchaient le bureau de Lynn.

— Avez-vous bientôt fini ?

— Oui, mais...

Un éclair ironique passa dans son regard.

— N'oubliez pas que vous êtes censée être à mon entière disposition. J'aimerais vous faire connaître une personne qui m'est très chère : Helena Ritter.

Une douleur violente comme un coup de poignard étreignit le cœur de Lynn. Dane avait annulé son rendez-vous avec Manning à cause d'une femme. Elle s'efforça de faire taire sa douleur pour ne plus voir que le côté positif des choses. Si Dane lui présentait la femme de sa vie, elle pourrait fournir à Peter une information de premier choix sur l'intimité du célèbre homme d'affaires.

— J'en ai pour cinq minutes, dit-elle avant de se replonger dans ses notes.

Mais elle ne voyait rien. Les lignes dansaient devant ses yeux : « Une personne qui lui était très chère. » Ainsi ce n'était pas Ruth qui tenait la première place dans sa vie. Et d'ailleurs combien de femmes y avait-il dans la vie de Dane Vestry ? Elle griffonna quelques mots dans la marge, fit quelques ratures ici et là pour donner le change puis leva les yeux vers lui. Il y avait sur son visage une expression qu'elle ne lui avait encore jamais vu. De la sollicitude ? De la tendresse ?

— Vous avez l'air fatigué, dit-il. Peut-être feriez-vous mieux de ne pas m'accompagner ce soir.

Lynn se força à sourire.

— Tous les journalistes se plaignent toujours d'être surmenés. Mais vous ne m'avez pas encore dit comment allait le petit James ?

— Très bien. Je viens de passer une heure avec lui et j'ai parlé au chirurgien qui doit l'opérer demain après-midi.

Pourtant, une réelle inquiétude perçait dans la voix de Dane et Lynn leva vers lui un regard surpris.

— Une opération de la cataracte, ce n'est pas très grave... ni dangereux, n'est-ce pas ?

— En général, non. Mais la cataracte de James est le résultat d'une blessure qui date de sa toute petite enfance. Le docteur espère que le reste de l'œil est sain et qu'il verra bientôt comme les autres enfants.

Impulsivement Lynn serra la main de Dane.

— Tout ira bien, Dane. Les médecins de cet hôpital

sont très compétents. Bientôt il gambadera partout et en un rien de temps il rendra sa mère complètement folle.

— Ruth ne dit rien, mais elle est anxieuse. Heureusement, demain après-midi, après la réunion — une réunion à laquelle vous assisterez —, je serai à peu près libre et je pourrai rester auprès d'elle.

Lynn s'aperçut alors qu'elle tenait toujours la main de Dane serrée dans la sienne et voulut la retirer, mais d'une ferme pression de ses doigts nerveux il l'en empêcha.

— Que pensez-vous du déjeuner d'aujourd'hui, Lynn ? N'oubliez pas que votre opinion est très importante pour moi.

Lynn se mit à rire.

— J'étais très impressionnée. Cora a dit que tous les gros bonnets de la région étaient chez Jimmy et que cela va faire du bruit.

— C'est une dame très bien informée. En effet, on parlera beaucoup ce soir de Vestry et de Greenwaye Industries.

Il y avait dans sa voix des accents de profonde satisfaction, un peu comme le ronronnement de plaisir d'une panthère repue.

— Après l'émission de demain, on en parlera encore plus. D'ici une semaine, je négocierai avec les commanditaires qui m'intéressent et avec les gens que je veux pour ma filiale.

— Etes-vous toujours aussi sûr de tout et de tout le monde ?

Ils venaient de quitter les studios. Malgré la douceur de cette soirée d'été, Lynn frissonna devant la froide détermination qu'elle lisait dans ses yeux. Elle ne fut aucunement surprise lorsque Dane acquiesça tranquillement.

Le regard fixé sur l'anneau d'argent à l'éclat terni qu'elle portait à la main gauche, elle dit lentement :

— Que feriez-vous s'il vous arrivait quelque chose que vous ne puissiez contrôler ?

— Par exemple ? demanda-t-il en lui ouvrant la portière de la Mercedes.

— Je ne sais pas. La mort peut-être. La mort frappe aveuglément...

Elle s'en voulut aussitôt d'avoir dit cela et son cœur se mit à cogner violemment, douloureusement.

Il prit place à côté d'elle, referma la portière et démarra.

— Vous voulez dire la mort d'un être cher ?

L'expression de son visage était indéchiffrable. Tandis qu'elle hochait la tête en silence elle serra convulsivement ses bras autour de ses genoux, comme pour se protéger. Pourtant la question de Dane l'atteignit de plein fouet.

— La mort de l'homme qui vous a donné cette bague ?

Elle ne répondit pas.

— Vous avez raison. Pas plus que vous je ne peux agir sur la mort. C'est pourquoi je veux une vie bien remplie de tout ce qui me semble important. Helena appelle cela « se charger de lumière pour se protéger de l'obscurité ».

— Parlez-moi d'elle, proposa Lynn, heureuse de pouvoir changer de sujet.

— Comme je vous l'ai dit, c'est quelqu'un de très particulier, vous verrez par vous-même.

Ils avaient atteint maintenant les faubourgs de Boston où, dans l'obscurité, Lynn distingua de petits pavillons entourés de jardins. La mystérieuse Helena, la femme qui tenait la première place dans le cœur de Dane, vivait-elle dans cette modeste banlieue ? A l'évidence oui, puisqu'il garait la voiture devant l'un des pavillons et invitait Lynn à le suivre. Ils s'engagèrent dans une allée faiblement éclairée, gravirent les trois marches d'un porche à l'ancienne mode.

Lynn n'en crut pas ses yeux en voyant apparaître une femme de petite taille en appui sur deux béquilles. A première vue, Helena Ritter semblait très vieille et très fragile, mais le sourire avec lequel elle les accueillit avait tout l'éclat de la jeunesse.

— Je suis tellement heureuse que vous soyez venus, dit-elle d'une voix vibrante d'émotion.

Elle leva haut une de ses petites mains pour effleurer la joue de Dane avant d'ajouter :

— Et je suis heureuse maintenant de n'avoir pu assister à votre fantastique déjeuner, Dane. J'avoue toutefois que je regrette le célèbre homard de Jimmy.

— A ma prochaine visite, je vous en apporterai.

Lynn découvrit alors un Dane qu'elle ne connaissait pas, un Dane heureux, détendu, incroyablement jeune. Les yeux brillants de joie, il se tourna vers Lynn.

— Pour ce soir, j'ai mieux qu'un homard. Voici Lynn Emmonds. Lynn, je vous présente le Pr Helena Ritter. Elle a été mon maître à Harvard.

— Appelez-moi Helena, dit-elle en serrant la main de Lynn avec une vigueur surprenante. Vous travaillez à la télévision, n'est-ce pas ? Je me souviens de vous parce qu'un jour vous avez présenté une très courte émission sur l'un de mes sujets favoris, le thé.

— C'est également un de mes sujets favoris. Ma mère préparait elle-même ses propres mélanges.

— Alors nous avons quelque chose en commun.

Avec un sourire ravi, la vieille dame les fit pénétrer dans une grande pièce aux murs couverts de rayonnages surchargés de livres et de bibelots exotiques. Un grand canapé et des fauteuils apparemment très confortables contribuaient à créer une atmosphère chaleureuse et accueillante. Mais c'est le guéridon, couvert d'innombrables photos encadrées, qui retint l'attention de Lynn.

— Asseyez-vous, dit Helena.

Et en désignant le guéridon elle ajouta :

— Oui, je suis une vieille sentimentale. Regardez celle-ci, par exemple.

Elle désigna l'une des photos dans son cadre, dont Lynn s'empara avec curiosité. Trois hommes et une jolie jeune fille brune souriaient, éblouis par la clarté du soleil. Elle reconnut aussitôt Dane. Il se tenait aux côtés de la jeune fille, un bras passé autour de sa taille et son visage irradiait de bonheur.

— C'est vraiment une vieille photo, dit Dane, le regard soudain sombre.

Il la prit fermement des mains de Lynn et la reposa tout au bout du guéridon.

— Parlez-moi plutôt de vous, Helena. Vous ne vous portez pas très bien ces derniers temps, n'est-ce pas ?

Un éclair malicieux passa dans le regard d'Helena Ritter.

— Je crois que ce n'est plus un secret pour personne — je vieillis.

Elle se tourna vers Lynn.

— Dane ne veut pas parler de cette photo parce qu'il a peur que je vous raconte l'une de mes histoires préférées à son sujet. Le jeune homme à sa gauche est John Brie.

Dane eut un geste pour lui demander de se taire mais la vieille dame n'en tint aucun compte.

— John est tombé gravement malade pendant sa deuxième année d'études et il a craint de devoir quitter l'université. Dane a non seulement été son répétiteur pendant des mois mais il l'a aussi aidé d'autres manières. John n'était pas riche et Dane ne l'était pas davantage puisqu'il travaillait dur en dehors de ses heures d'études pour envoyer de l'argent à sa famille et...

— Helena, je vous en prie.

La voix de Dane était tendue. Lynn le vit touner les yeux vers la photographie.

— Vous allez me faire passer pour un saint. Dieu sait que c'est loin d'être la vérité.

Puis il retrouva son sourire charmeur et serra la main de la vieille dame.

— Si vous nous prépariez un de ces thés dont vous avez le secret ?

Helena se leva aussitôt et accepta avec enthousiasme l'aide de Lynn. Une fois dans la cuisine, elle poussa un profond soupir.

— J'ai eu tort de parler de l'époque où il était étudiant à Harvard. Il en garde des souvenirs mitigés, vous savez. Il était très fier d'être fils de mineur et le choc a été rude lorsqu'il s'est aperçu que certaines personnes le rejetaient à cause de cela. Notre amitié date de ces années-là. Il venait me voir, nous buvions du thé et parlions des heures et des heures. C'est un garçon d'une intelligence exceptionnelle, et au caractère très attachant.

Lynn lui jeta un coup d'œil surpris mais la vieille dame était tout occupée à choisir une boîte de thé parmi des dizaines rangées sur une étagère. La jeune femme crut retrouver soudain l'atmosphère de la cuisine de sa mère ; elle se rappelait ses mystérieux mélanges. Elle en parla à Helena qui manifesta aussitôt un intérêt si vif que Lynn lui proposa de lui envoyer une recette particulièrement originale.

— J'en serais enchantée, dit Helena, mais pourquoi ne pas me l'apporter vous-même lors de votre prochaine visite avec Dane ?

Lynn crut discerner un sous-entendu dans la voix joyeuse de la vieille dame et se sentit obligée de s'expliquer.

— Vous savez, nos relations sont purement professionnelles. J'assure la publicité de Greenwaye Industries.

Elle s'arrêta brusquement car les yeux d'Helena pétillaient de malice.

— Bien sûr, c'est pourquoi il est venu ici avec vous ! Il y a eu de nombreuses femmes dans la vie de Dane, mais une seule avant vous a franchi le seuil de ma maison.

— La jeune fille de la photo ?

Lynn, qui avait parlé sans réfléchir, se sentit rougir sous le regard attentif de la vieille dame.

— La jeune fille de la photo... Janice Kingsley. Mais comme dirait Dane, c'est de l'histoire ancienne. Vous voulez bien porter ce plateau dans le salon, Lynn ?

Chapitre 9

LES PREMIERS RAYONS DU SOLEIL FILTRAIENT À TRAVERS LES volets, éclairant faiblement le bureau. Lynn étouffa un bâillement. Elle s'était levée à l'aube, avait enfilé un vieux jean et une confortable chemise beaucoup trop grande pour elle, puis s'était attaquée au dossier qui contenait ses notes pour le deuxième volet de l'émission sur Dane Vestry.

Elle avait rédigé plusieurs pages sur les activités professionnelles de Dane, dans ce style élégant et précis qui avait fait l'admiration de Peter Surran lorsqu'il l'avait engagée. Les difficultés avaient commencé au moment où elle s'était enfin décidée à aborder la vie personnelle de Dane car ses scrupules remontaient à la surface. N'allait-elle pas commettre une terrible indiscrétion ?

La sonnerie de la porte d'entrée vint soudain l'arracher à ses réflexions. Elle bondit sur ses pieds, hésita un instant et glissa la chemise cartonnée contenant les notes de caractère personnel dans le tiroir de son bureau. Très vite elle eut l'occasion de se féliciter de ce geste car l'auteur de ce coup de sonnette matinal n'était autre que Dane en personne.

— Vous avez l'air d'avoir dix ans, dit-il avec un sourire. Vous semblez aimer accueillir vos visiteurs dans des tenues pittoresques, bien que j'aie une préférence pour celle que vous portiez à l'hôtel Mountainfoot.

Lynn rougit à ce souvenir, d'autant plus que Dane était vêtu d'un impeccable costume de lin et prêt à partir aussitôt pour leur premier rendez-vous de la journée.

— Accordez-moi simplement quelques minutes pour me changer. Je ne pensais pas que vous viendriez si tôt.

— Prenez votre temps. Je suis arrivé de bonne heure parce que je voulais jeter un coup d'œil aux notes que vous avez prises hier. C'est bien ce dont nous étions convenus, n'est-ce pas ?

Dane regardait autour de lui avec curiosité, admirant au passage les meubles anciens, le tapis persan et le luxueux canapé si inconfortable.

— Vous ne vivez pas trop mal pour une journaliste débutante, lança Dane sur un ton léger.

Lynn était heureuse d'avoir l'occasion de corriger l'une des nombreuses idées fausses qu'il se faisait à son sujet.

— Je vous ai déjà dit que j'occupais cet appartement temporairement ; la propriétaire séjourne actuellement en Europe.

— Une amie de la famille ?

— Non, une amie de Peter Surran, mon patron.

Dane ne fit aucun commentaire, et Lynn ajouta :

— Je vais me préparer. Les notes sont sur mon bureau et il y a du café dans la cuisine.

Dans sa chambre, elle choisit un tailleur bleu marine et un chemisier de soie bleu pâle, une tenue quelque peu sévère, mais parfaite pour une journée de travail. Une exclamation étouffée venue de la cuisine l'avertit que Dane devait s'impatienter. A la hâte, elle passa un bâton de rouge sur ses lèvres, donna quelques coups de brosse vigoureux à ses cheveux et alla le rejoindre.

Il était assis à la petite table de la minuscule cuisine et

parcourait attentivement les feuillets. Lorsqu'il leva la tête vers elle, son visage se détendit et un sourire moqueur éclaira son regard.

— Maintenant vous n'avez plus l'air d'une petite fille mais d'une journaliste redoutablement efficace.

Il posa sa main à plat sur la pile de feuillets.

— C'est vraiment très bon, Lynn.

— Vous semblez surpris.

— Non. Au cours de l'interview, vous m'avez convaincu de vos talents journalistiques. Ce texte est clair, concis, vous ne vous perdez pas en remarques ou détails inutiles. Dès ce matin vous aurez une nouvelle occasion de faire preuve de votre compétence. Nous allons visiter une usine à Braceford, à une demi-heure de route d'ici environ.

— Pensez-vous à Braceford comme base d'opérations ? demanda Lynn vivement intéressée et ravie de voir ses capacités reconnues.

— Je ne sais pas encore. Bill Myers nous rejoindra là-bas et son avis sera très important. J'aimerais être de retour à Boston vers onze heures pour aller voir James avant mon rendez-vous avec Manning, alors il faudrait que nous partions dans quelques minutes.

A partir de ce moment-là, la journée se déroula à un train d'enfer. Les embouteillages étaient tels à la sortie de Boston qu'il leur fallut plus de trois quarts d'heure pour se rendre à Braceford où Bill Myers leur fit visiter l'usine au pas de charge. Bill était convaincu d'avoir déniché une bonne affaire mais Dane confia plus tard à Lynn que les locaux étaient trop petits et ne correspondaient pas à ce qu'il recherchait.

Sur le chemin du retour, leurs nerfs furent de nouveau mis à rude épreuve par la circulation toujours aussi dense. Alors qu'ils étaient arrêtés à un feu rouge à l'entrée de Boston, Dane saisit la main de Lynn et caressa doucement ses doigts.

— Vous ne portez pas votre bague aujourd'hui.

Troublée, Lynn fixa l'annulaire de sa main gauche et se

souvint que le matin, dans sa hâte à se préparer, elle avait tout simplement oublié de la remettre et que c'était la première fois. Elle essaya de se souvenir du regard de Brian lorsqu'il lui avait glissé au doigt l'anneau d'argent, ce regard si tendre. Aujourd'hui le visage aimé semblait s'estomper dans des brumes lointaines et perdre toute réalité.

— Je ne l'ai pas oubliée intentionnellement...

Elle s'arrêta net. Inutile de se justifier.

— Vous n'en aviez pas l'intention, mais vous l'avez fait.

Lorsqu'il se tourna vers elle, il avait le regard embué de tristesse.

— Même si nous le regrettons profondément, la vie nous change tous. Le passé ne renaît jamais.

Dane déposa Lynn aux studios avant de se rendre à l'hôpital pour voir James. La journée de la jeune femme se poursuivit au rythme endiablé qui depuis quelque temps était devenu son lot quotidien. La brève pause qu'elle s'accorda pour déjeuner chez Mac's ne lui permit pas de se détendre car un de ses amis journalistes vint lui exposer les problèmes de l'aéroport Logan.

— Cette fois c'est sérieux, expliqua-t-il. Si leurs exigences n'aboutissent pas, ils se mettent en grève et toute la côte atlantique sera paralysée.

A ce moment-là, Cora vint les rejoindre et s'appuya sur le dossier de la chaise de Lynn.

— Inutile de lui raconter ces histoires de grève, Dane Vestry suffit largement à lui occuper l'esprit en ce moment, dit-elle les yeux brillants de malice.

— Cora, ce n'est vraiment pas drôle.

En voyant l'air surpris de son amie, elle hocha la tête et ajouta d'un air penaud :

— Excusez-moi. Je ne sais pas ce qui m'a prise.

Elle quitta la table, suivie de Cora qui avait maintenant l'air sincèrement désolée.

— Je crois que j'ai encore perdu une belle occasion de

me taire. Mais à en juger par la manière dont il vous regardait, je croyais que...

— Nos relations sont purement professionnelles.

Cora hocha la tête.

— J'en suis ravie. Cet homme n'est pas pour vous, Lynn. Vous avez besoin de quelqu'un de stable, quelqu'un qui vous rende heureuse. Il y a longtemps que je suis dans le métier et je me souviens bien de Dane Vestry maintenant. Il a été le célibataire le plus recherché de Boston, ses aventures se comptaient par dizaines.

Lynn était songeuse en regagnant son bureau puis fronça les sourcils lorsque son regard tomba sur une note qu'elle avait griffonnée à sa propre intention pour se souvenir d'appeler Ruth à l'hôpital. Lorsqu'elle réussit à la joindre, la jeune femme avait la voix tendue.

— On vient d'emmener James pour le préparer à l'opération.

— Dane est avec vous ? demanda Lynn.

— Il est resté jusqu'au départ de James. Un nommé Manning a appelé et, comme le sujet avait l'air important, je lui ai dit que j'étais une grande fille, que je saurais me débrouiller toute seule.

La voix de Ruth se brisa.

— James est si petit, Lynn. Pourvu qu'ils ne lui fassent pas de mal.

— Essayez de ne pas vous inquiéter, dit Lynn tout en se rendant compte de la vanité de ses paroles.

Ruth était à des centaines de kilomètres de chez elle, dans une ville inconnue. Elle jeta un coup d'œil à son agenda et prit rapidement sa décision. Elle devait, à tout moment, se tenir à la disposition de Dane mais, après tout, James faisait partie de son univers.

Cette idée la fit soudain frissonner. Elle préférait ne pas connaître la nature exacte du lien qui unissait James et Ruth à Dane. Ce qui importait pour le moment était de savoir que James était un petit garçon malade et que sa mère était perdue dans une grande ville étrangère.

Lorsqu'elle arriva à l'hôpital, Ruth était assise au pied du lit, les traits tirés par l'angoisse.

— Je suis tellement contente d'avoir un peu de compagnie, dit-elle d'une voix émue. Cette attente me rend folle.

— Vous n'avez pas très bonne mine. Etes-vous sûre d'aller tout à fait bien ? demanda Lynn en fronçant les sourcils.

— Un peu fatiguée seulement. James me veut près de lui constamment, alors j'ai passé les deux dernières nuits ici sur un lit pliant.

— Vous devriez vous allonger un peu.

— Pas avant d'être sûre que tout ira bien pour mon petit.

La longue attente se poursuivit. Malgré les prières répétées de Lynn, Ruth refusait obstinément de prendre du repos.

— Parlez-moi, dit-elle. Aidez-moi à penser à autre chose.

Lynn se demandait de quoi elle pouvait bien parler en de telles circonstances.

— Racontez-moi Greenwaye, dit-elle enfin. Vos montagnes doivent vous manquer.

— Oui. Et à James aussi. Et à Dane ; c'est d'ailleurs pour cela qu'il est revenu à Greenwaye. Même lorsqu'il était un célèbre avocat à Boston il avait la nostalgie de ses racines et de ses montagnes.

La voix de Ruth trahissait une telle affection que Lynn ne put s'empêcher de ressentir un pincement de jalousie.

— Connaissez-vous Dane depuis longtemps ?

— Nous avons grandi ensemble. Dane et moi, et Jimmy — mon mari — avons toujours été amis. Pendant qu'il était à Harvard, il nous écrivait souvent et nous envoyait des petits cadeaux amusants et parfaitement inutiles. A la naissance de James, il nous a gratifiés d'une girafe d'un mètre cinquante de haut. Si vous aviez vu la tête du facteur !

Elle se mit à rire, puis brusquement se prit la tête dans les mains.

— Nous étions si jeunes, si heureux, alors. Et puis il y a eu l'éboulement dans la mine et Jimmy a été tué.

— Comment est-ce arrivé ? demanda Lynn doucement car elle sentait bien que Ruth avait envie de parler du drame de sa vie.

— C'était il y a quatre ans. Beaucoup de nos amis ont été blessés ou tués. C'est à ce moment que Dane est revenu. Il a créé Greenwaye Industries pour que d'autres veuves comme moi puissent gagner leur vie sans quitter la région. Il l'a fait pour nous et jamais nous ne le remercierons assez. Il nous a rendu notre dignité en même temps qu'une raison de vivre. Mais je crois que nous aussi lui avons fait du bien. Avant qu'il ne revienne en Virginie, quelqu'un l'avait fait beaucoup souffrir et nous l'avons aidé à surmonter sa douleur.

— Que voulez-vous dire ? demanda Lynn, mue par un soudain pressentiment.

— Je crois que c'était une femme. C'était même sûrement une femme parce que, depuis ce temps-là, il n'a eu que des aventures sans lendemain. Je lui ai dit souvent qu'il était temps pour lui de fonder une famille avec une femme qui l'aimerait vraiment. Mais celle qui l'a fait souffrir l'a atteint jusqu'au plus profond de lui-même.

Lynn revit soudain le visage souriant de la jolie jeune fille brune aux côtés de Dane dans le cadre qui trônait sur le guéridon d'Helena Ritter.

D'une voix hésitante elle demanda :

— Ruth, Dane vous a-t-il jamais parlé d'une certaine Janice Kingsley ?

— Non. D'ailleurs, je ne lui ai jamais posé de questions. Je me suis toujours dit que c'était son histoire.

La douloureuse attente se faisait de plus en plus pénible. De temps en temps, quand la conversation des deux jeunes femmes retombait, Lynn allait chercher du café. Enfin, une infirmière vint leur dire que tout s'était bien passé et que James se trouvait en salle de réanimation. De soulagement, Ruth éclata en sanglots, la tête appuyée contre l'épaule de Lynn qui sentit les larmes lui monter aux yeux.

— Maintenant, il faut absolument vous reposer, dit-elle fermement.

Ruth fut inflexible. Tant que James serait en réanimation, elle ne bougerait pas.

Elle vacillait sur ses jambes lorsqu'on poussa dans la chambre le chariot où reposait James, le visage étonnamment pâle. Le médecin, qui était venu pour parler à Ruth, lui ordonna de se reposer.

— Croyez-vous aider votre fils en tombant malade vous-même ? demanda-t-il d'une voix faussement grondeuse.

Lynn jugea utile d'intervenir.

— Ruth, je resterai auprès de lui. Dès qu'il ouvrira les yeux je vous appellerai. Je vous en prie, allez vous reposer avant de vous effondrer.

Ruth finit par se laisser convaincre et Lynn s'assit au chevet du petit garçon. Comme elle caressait doucement la joue si blanche, les paroles de Ruth lui revinrent à la mémoire. Il était évident que la jeune femme considérait Dane comme un ami très cher ou comme un frère, et cette pensée faillit la faire bondir de joie. Mais bientôt la fatigue l'envahit, engourdissant ses muscles et embrumant son cerveau. Elle était dans un état de demi-torpeur lorsque Dane pénétra dans la chambre, visiblement surpris de la trouver ici.

— Où est Ruth ? demanda-t-il d'une voix inquiète.

Lynn lui expliqua brièvement la situation.

— Vous avez bien fait ; merci, Lynn.

Il avait dit ces mots très simplement, avec une chaleur qui réchauffa le cœur de la jeune femme comme aucun de ses baisers, aucune de ses caresses n'aurait pu le faire.

Il traversa la pièce pour se pencher sur James et Lynn sentit cette présence avec autant de réalité qu'elle éprouvait les battements de son propre cœur. Il posa une main légère sur son épaule et ce geste si simple, amical, donna à Lynn l'envie d'enfouir son visage dans la chaleur de ses bras. Pour résister à cette tentation elle demanda :

— Comment s'est passée votre réunion avec Manning ?

La douceur qui illuminait le regard de Dane fit place à l'expression de triomphe que Lynn lui avait déjà vue la veille.

— Manning est de mon côté. Les autres suivront.

— Même Lestein ?

— Lestein aussi. Et vous ? De quoi avez-vous parlé avec Ruth ?

Lynn hésita puis décida de se lancer.

— Ruth m'a raconté comment vous aviez créé Greenwaye Industries. Elle m'a dit que vous et son mari étiez amis.

— Nous étions comme des frères et Ruth était un peu ma petite sœur. Je suis heureux qu'elle vous ait ouvert son cœur. Si elle vous a raconté tout cela et vous a laissé veiller James, c'est une preuve de l'affection et de la confiance qu'elle vous témoigne.

Lynn s'efforça de parler calmement mais son cœur battait violemment.

— Il fut un temps où vous n'aviez pas du tout confiance en moi.

Leurs regards se croisèrent. Bien que Dane n'ait fait aucun geste vers elle, Lynn ressentit son regard comme une caresse.

— Ce n'est plus le cas maintenant, dit-il d'une voix grave.

Ce fut le moment que choisit James pour remuer faiblement et murmurer d'une toute petite voix :

— Maman.

Lynn jeta un coup d'œil incertain à Dane.

— J'ai promis d'aller la chercher dès qu'il se réveillerait, mais elle était tellement épuisée.

— Les femmes de nos montagnes sont robustes. D'ailleurs, elle ne nous pardonnerait jamais de ne pas l'avoir appelée aussitôt.

Lynn allait quitter la pièce lorsque la voix de Dane l'arrêta.

— Votre patron a laissé un message à mon hôtel, m'invitant à assister à la retransmission d'*Au jour le jour* ce soir. Si Ruth n'a plus besoin de nous, nous pourrions nous rendre ensemble aux studios.

Dane, parlant de Peter et des studios, ramena peu à peu Lynn à la réalité. Pendant ces doux moments passés au chevet du petit garçon maintenant guéri, elle avait eu l'impression d'être emprisonnée avec Dane dans un autre univers. Et pourtant, le moment était mal choisi pour rêver.

— Je vais aller chercher Ruth, dit-elle.

Elle sortit de la chambre en courant tandis que les paroles de Dane dansaient dans sa tête. Il avait confiance en elle. Ruth avait confiance en elle. Et Peter aussi avait eu suffisamment confiance en elle pour lui demander d'écrire un article sur la vie professionnelle et privée — privée, oui — de l'homme qui venait de lui donner sa confiance.

La question qui se posait maintenant était simple : pouvait-elle écrire un tel article ? L'oserait-elle ?

Chapitre 10

RUTH AVAIT BIEN MEILLEURE MINE LORSQUE LYNN ALLA LA réveiller. Dès qu'elle arriva au chevet de son fils, elle insista pour que ses amis s'en aillent.

— Je sais que je suis une ingrate de vous mettre à la porte de la sorte mais je veux que James se repose. Si vous restez là, il sera tellement excité qu'il voudra se lever.

Dane passa familièrement un bras autour des épaules de Lynn et s'efforça de prendre un air décontracté :

— On dirait qu'on ne veut plus de nous ici. Dans ce cas, allons aux studios !

Lynn ne tenta pas de se dégager. Ce soir, elle sentait qu'il n'y avait pas dans son geste le triomphe du conquérant mais un désir sincère de la réconforter. Il la tenait toujours pressée contre lui lorsqu'ils arrivèrent à sa voiture.

— Vous êtes bien calme, dit-il tandis qu'ils prenaient place. Fatiguée ? La journée a été longue.

Il y avait dans la voix de Dane une nuance d'inquiétude qui n'échappa pas à Lynn. Il était tellement tentant de confondre la sollicitude avec la tendresse.

— Vous devriez vous dépêcher, dit-elle d'une voix tendue. Peter voudra probablement vous parler avant l'émission.

— Ne vous inquiétez pas, Lynn. Vous serez aux studios à temps et votre patron n'aura aucune raison d'être mécontent de vous. Comme d'habitude.

Lynn ne répondit pas, désolée qu'il ait pu prendre sa remarque pour de la froideur. Le reste du trajet se déroula dans un silence quasi total. Lorsqu'ils arrivèrent devant les studios, Lynn était partagée entre le soulagement et la nervosité. Et si Dane était déçu par l'émission ? S'il annulait la deuxième partie ?

Le grand sourire avec lequel Peter Surran les accueillit ne suffit pas à la rassurer. Il les guida vers une salle où se trouvait un écran de contrôle et resta avec eux jusqu'au début du compte à rebours.

Lorsque la musique du générique commença, Dane prit la main de Lynn dans la sienne. Sous cette étreinte chaude et puissante, Lynn se sentit envahie par une vague d'énergie et de courage. Elle tourna la tête vers lui et vit dans ses yeux gris cette expression de complicité, de camaraderie, qu'elle avait tant appréciée pendant l'interview au Sheraton. Puis elle ne pensa plus à rien, car la voix du commentateur venait de s'élever.

Comme toujours, Lynn admirait l'esprit de créativité et les performances techniques qui classaient *Au jour le jour* parmi les magazines d'information les plus réputés de la télévision nationale.

Elle serra plus fort la main de Dane en entendant Don Callino, le commentateur, annoncer « un reportage de notre consœur Lynn Emmonds, qui nous parle d'un modèle de relance économique exemplaire dans une petite ville de Virginie ». Le texte auquel elle avait apporté tant de soin était parfaitement mis en valeur par les photos de Cora et l'ingéniosité de Ted et Roddy, chargés du réglage du son et des éclairages.

Tandis que retentissait le générique de fin d'émission, Lynn éprouva un tel soulagement que sans s'en rendre compte elle se laissa aller contre l'épaule ferme et musclée de Dane.

— C'était vraiment très bien, Lynn, dit-il doucement.

Elle se redressa en rougissant, d'autant plus que la porte venait de s'ouvrir et qu'un Peter Surran rayonnant de joie s'avançait vers eux.

— Félicitations, Lynn, vous avez été merveilleuse.

— Merci, Peter. Je crois que tout s'est bien passé grâce à M. Vestry.

Un sourire moqueur se dessina sur les lèvres de Dane.

— Je crois que M. Surran me connaît mieux que ça. On dit qu'il est difficile de me faire parler. Ce succès, Lynn, est uniquement le vôtre.

Peter les invita à fêter l'événement chez Mac's. Dane accepta avec courtoisie mais lorsque Peter le présenta aux autres membres de l'équipe en soulignant qu'il était un invité hautement apprécié, Lynn surprit un éclair de méfiance dans le regard de Dane. Elle se sentait tout à coup mal à l'aise. Non sans raison, on appelait Peter le Renard argenté, mais il serait sage de ne pas sous-estimer Dane. Soupçonnait-il les projets de Peter ? Etait-il en train de se jouer d'eux tous ?

Si tel était le cas, Dane n'en laissa rien paraître. Il se montra charmant envers tout le monde et, en l'écoutant, en le regardant, Lynn se demandait comment, à l'insu de tous, il se servait de son charme pour obtenir ce qu'il voulait. Après quelques verres, elle s'aperçut que, si elle ne rentrait pas immédiatement chez elle, la fatigue la ferait s'écrouler sur place. Oui, mais comment ? Dane l'avait emmenée à Braceford puis reconduite jusqu'aux studios.

Comme s'il avait lu dans ses pensées, Dane s'approcha d'elle.

— Vous dormez debout, dit-il doucement. Je vais vous raccompagner.

Lynn réussit à dire bonsoir à tout le monde poliment mais, à peine dans la voiture, elle sentit la fatigue s'abattre sur elle comme une masse et ses yeux se fermer inexorablement.

— Je ne sais pas ce qui se passe, dit-elle d'un air penaud.

Il entoura ses épaules de son bras et l'attira contre lui.

— Moi je sais. C'est une réaction nerveuse. Trop de sujets de préoccupation et trop d'émotions en une journée. Laissez-vous aller.

Lorsqu'elle émergea de son demi-sommeil, la voiture était arrêtée et Dane penché au-dessus d'elle.

— Où sont vos clés ? Dans votre sac ?

— Mon sac, balbutia-t-elle en tentant de se redresser.

Ce simple geste lui donna le vertige.

— Ne bougez pas, ordonna Dane.

Elle l'entendit sortir de la voiture et ouvrir sa portière. Maintenant, il la soulevait dans ses bras en la tenant bien serrée contre sa large poitrine.

— Je peux marcher, protesta-t-elle.

Il ne voulut rien entendre et commença à monter les marches.

— Dane, lâchez-moi tout de suite.

— Doucement, dit-il. Vous ne voulez pas causer un scandale dans le voisinage ?

Elle entendit le bruit de la clé dans la serrure, la porte s'ouvrir et se refermer derrière eux. Elle se sentait si bien dans ses bras, à l'abri, protégée. Ce dernier mot la fit sourire. Quelle folie ! Il n'y avait rien de protecteur dans la manière dont Dane la serrait contre lui et commençait à l'embrasser dans l'obscurité. C'était des baisers très doux, qui tombaient comme une pluie légère et bienfaisante sur ses paupières closes, ses tempes, le bout de son nez.

— Dane, chuchota-t-elle, sans savoir si c'était pour le supplier de s'arrêter ou de continuer.

Elle essayait de lutter contre sa fatigue mais elle ne pouvait lutter contre la chaude vague de désir qui gagnait lentement tout son corps.

— Où est votre chambre ? demanda-t-il.

Lynn émit une plainte étouffée.

— Je vais vous mettre au lit, ma petite fleur des montagnes. D'ailleurs vous dormez déjà.

— A gauche, répondit Lynn docilement.

Elle avait glissé un bras autour de son cou et sentait les muscles de sa nuque jouer sous ses doigts. De toutes ses forces, elle se blottissait contre lui et s'abandonnait à une douce torpeur tandis que les lèvres de Dane caressaient les siennes avec une incroyable volupté.

Il pénétra dans la chambre baignée par la clarté de la lune et se laissa tomber avec elle sur le lit, sans détacher ses lèvres des siennes. Tandis qu'il défaisait les boutons de son chemisier, elle fit bien une tentative pour lutter encore.

— Vous m'aviez promis. Nous avions conclu un accord, chuchota-t-elle.

— Souhaitez-vous que je tienne ma promesse ? Je sais pourtant que votre corps ne le veut pas.

Le chemisier glissa de ses épaules en un murmure soyeux. Lorsque le reste de ses vêtements le rejoignit comme par enchantement, elle n'eut pas la moindre protestation. Vibrant de tout son être, elle se laissait dériver dans l'océan de sensations merveilleuses que faisait naître chacune des caresses de Dane.

— Voulez-vous que je tienne ma promesse, Lynn ?

Elle releva lentement la tête et chercha à distinguer l'expression de son regard dans la clarté lunaire. Ses yeux étaient des lacs argentés, embrumés de désir. A tâtons, comme une aveugle, elle parcourait du bout des doigts les contours de son visage, s'attardant sur sa bouche si chaude. Si elle voulait qu'il tienne sa promesse ? Quelle promesse ? Leurs corps étaient la seule promesse qui comptait, une promesse faite il y a bien longtemps sous un ciel couleur d'azur où tournoyaient des oiseaux au plumage fauve.

— Non, chuchota-t-elle. Je ne... je ne veux pas.

— J'ai eu envie de vous serrer dans mes bras dès que je vous ai vue à l'hôpital en train de faire exploser des ballons avec James, murmura-t-il dans la douceur soyeuse de ses cheveux.

— Serrez-moi fort maintenant, dit-elle dans un souffle.

Elle crut qu'il allait l'écraser contre lui, mais non. Il l'enveloppa de ses bras puissants avec une infinie douceur et couvrit de petits baisers aériens ses épaules et sa gorge. Lynn se mit à trembler de désir puis de déception car doucement mais fermement il venait de la repousser.

Elle ne voulait pas être privée de la chaleur de son corps, même pendant les courts instants qu'il lui fallut pour retirer ses vêtements. Tandis qu'elle le regardait, son désir passagèrement apaisé par ses caresses renaissait en une flamme jaillissante. Dès qu'il s'allongea près d'elle pour la prendre tendrement dans ses bras, elle leva vers lui un regard suppliant.

— Laissez-moi simplement vous tenir contre moi, murmura-t-il contre son oreille. Ce soir, vous êtes trop épuisée, il faut vous détendre.

Ces mots ne firent qu'exacerber son désir.

— Mais, Dane, j'ai tellement envie de vous.

— Moi aussi, ma chérie. Mais le désir a bien des visages.

Il la serra plus fort contre lui, l'enveloppant de sa chaleur, de sa force rassurante. Lynn se sentit soudain comme protégée par un merveilleux cocon et le désir céda bientôt la place au délicieux engourdissement qui précède le sommeil.

Chapitre 11

INSTINCTIVEMENT, LYNN TENDIT UN BRAS ENCORE ENGOURDI en travers du lit pour retrouver le merveilleux abri où elle avait passé la nuit. Elle s'étira avec délices, envahie par une sensation de bien-être qui inondait son corps de chaleur et de bonheur à un point qu'elle n'aurait jamais cru possible. Dane, pensa-t-elle juste avant d'ouvrir les yeux. Mais le lit était vide. Dane était parti.

D'un bond, elle se dressa sur son lit. Avait-elle rêvé ? Non, comment l'aurait-elle pu ? Il s'était montré tellement différent de l'homme qu'elle avait connu jusqu'alors. Aucune trace d'arrogance en lui, aucune exigence ; il lui avait offert la force tendre et réconfortante de ses bras, une force sur laquelle Lynn se serait bien appuyée pour le restant de ses jours.

Elle se laissa retomber dans les oreillers, encore tout imprégnés de la présence de l'homme qu'elle aimait. Il avait dû se réveiller de très bonne heure et partir à l'aube, sans la réveiller. Soudain elle tressaillit. L'aube. Mais quelle heure était-il ? Elle saisit le réveil sur la table de nuit et s'exclama à haute voix :

— Oh! Mon Dieu! Je n'ai plus qu'un quart d'heure pour arriver aux studios.

Elle arriva à son travail avec quelques minutes de retard, ce dont personne ne sembla s'apercevoir. Seth William, le producteur délégué, l'embrassa affectueusement sur la joue et annonça :

— Le patron veut vous voir tout de suite.

Peter, dans le même état d'excitation que la veille, la félicita encore une fois avec chaleur pour sa performance en ce qui concernait le premier volet de l'émission.

— J'espère que la deuxième partie fera l'effet d'une vraie bombe, poursuivit-il. Si nous réussissons à combiner adroitement des informations sur la vie privée de Dane Vestry avec un maximum d'éléments sur ses projets de filiale à Boston, le succès d'hier soir ne sera rien comparé à celui que nous obtiendrons alors.

A mesure que Peter parlait, Lynn sentait croître sa réticence et elle finit par se résoudre à l'interrompre, tout en s'en voulant de refroidir son bel enthousiasme.

— Peter, dit-elle d'une voix hésitante, à propos de la vie privée de Dane... Je lui ai en quelque sorte promis de ne pas en parler sans son accord. Je ne peux pas revenir sur cette promesse. Je vous en prie, il faut trouver une autre formule.

Peter feignit de ne pas comprendre.

— Je sais que c'est un travail difficile, mais j'ai toute confiance en vous. Je vous ai observés tous les deux hier soir. Vous êtes faits pour vous entendre, il est complètement sous votre charme. Je vous demande simplement l'impossible. D'accord ?

Le téléphone se mit à sonner. Avant de décrocher Peter lui fit un signe qui indiquait que l'entretien était terminé. En sortant du bureau, Lynn dut faire appel à toute sa force de concentration pour réfléchir calmement. Si elle ne donnait pas à Peter ce qu'il voulait, ce refus pourrait lui coûter son poste. Mais ce qui s'était passé la nuit dernière lui criait que toute intrusion dans la vie privée de Dane serait une trahison. Alors que faire ?

Son travail l'accapara jusqu'à midi. Dès qu'elle put se libérer, elle se précipita à l'hôpital pour voir James. Ce jour-là le patient, comme sa mère, semblait en bien meilleure forme. Ruth s'était joliment coiffée et maquillée. Quant à James, un bandeau sur l'œil gauche, il accueillit la visiteuse avec enthousiasme.

— Bonjour, Lynn! Tu sais, l'opération ne m'a pas fait mal du tout. Maintenant, devine pourquoi je porte un bandeau?

Lynn plissa le front, et feignant de réfléchir avec ardeur :

— Parce que tu es un agent secret? suggéra-t-elle.

Comme James éclatait de rire, elle inventa d'autres explications plus fantaisistes les unes que les autres jusqu'à ce que Ruth intervienne.

— En voilà assez. Si tu ne te calmes pas, le docteur ne te laissera pas rentrer à la maison à la fin de la semaine.

Puis, se tournant vers Lynn, elle ajouta :

— Je ne vous cacherai pas que je brûle d'impatience de rentrer à Greenwaye.

— Et Dane va venir avec nous! s'exclama James triomphant.

Lynn sentit sa gorge se serrer. Oui, Dane allait partir bientôt. Elle aurait bien dû s'y attendre. Sa vie était à Greenwaye. Mais pourquoi ne lui avait-il rien dit? Après les moments qu'ils avaient partagés la nuit dernière...

A moins que ces quelques heures passées dans les bras l'un de l'autre n'aient eu aucune importance pour lui. Ou peut-être, pire, avait-il voulu simplement marquer un point de plus dans leur jeu. Tout en écoutant Ruth bavarder, Lynn se sentait gagnée par une sensation de froid. Elle savait maintenant que ce qui s'était passé la nuit dernière n'aurait jamais dû arriver — et ne serait d'ailleurs jamais arrivé sans cet épuisement qui l'avait rendue vulnérable et trop sensible à la fascination qu'il avait toujours exercée sur elle.

En fait, rien n'avait changé. Dane et elle n'étaient pas des amants mais de temporaires associés. Pour lui, elle avait représenté un défi, rien de plus. Machinalement, elle chercha à se rassurer en effleurant son anneau d'argent, mais la bague n'était plus là. Dane avait raison. Elle ne le remettrait plus. L'amour était mort, la brève illusion de chaleur et de tendresse aussi.

De retour aux studios, elle trouva sur son bureau un message qui disait que Dane Vestry avait appelé en laissant un numéro de téléphone où elle pourrait le joindre. Plus tard, elle le rappellerait le plus tard possible. Il serait toujours temps d'avoir confirmation de la vérité.

A ce moment-là, la sonnerie du téléphone retentit. Elle hésita puis décrocha.

— Lynn.

La voix de Dane était impatiente.

— Je vous ai laissé un message vous demandant de me rappeler.

Il n'y avait dans sa voix ni chaleur ni tendresse. La nuit dernière aurait aussi bien pu n'avoir jamais existé. Elle essaya de répondre avec la même froideur.

— Je sais, mais j'ai été très occupée.

— Est-ce que vous allez bien ? Vous étiez tellement fatiguée hier soir.

— Dane, il serait plus sage de ne pas parler d'hier soir. Je suis sûre que vous regrettez comme moi ce qui s'est passé. Vous avez dit vous-même que j'avais eu une journée trop chargée de préoccupations. Je n'étais pas moi-même.

Comme il ne disait rien, elle ajouta très vite :

— Puis-je faire quelque chose pour vous ?

La voix de Dane se fit complètement impersonnelle.

— J'ai besoin de vos services professionnels demain. Lestein organise un petit déjeuner au Hilton pour plusieurs personnalités intéressées par mon projet. Il fera une communication importante à ce sujet et j'aimerais que vous soyez là-bas avec votre équipe de tournage pour filmer l'événement.

— Félicitations, dit Lynn en s'efforçant vainement de

mettre un peu d'enthousiasme dans sa voix. Je m'en occupe immédiatement.

Tout en notant l'heure et le lieu du rendez-vous, Lynn sentit les larmes lui monter aux yeux. Elle avait perdu la tête. Comment avait-elle pu se bercer d'aussi folles illusions ? Elle n'avait qu'une envie : raccrocher très vite. Mais dès qu'elle eut reposé le combiné, sa solitude lui apparut plus déprimante que jamais. Dieu merci, il lui restait son travail et sa fierté.

C'est cette fierté et le sens de sa propre valeur qui lui permirent de donner le meilleur d'elle-même le lendemain. Pendant le début du tournage, tout se passa bien mais le choc fut rude lorsque Dane pénétra dans la pièce et que leurs regards se croisèrent. Sans s'approcher d'elle, il se contenta de lui faire un petit signe de tête poli avant de se tourner vers l'un des invités. S'il l'avait giflée, la douleur n'aurait pas été plus violente.

Elle ne sut jamais où elle trouva la force de remplir sa mission avec sa compétence et sa précision habituelles. Elle eut même le courage de faire une brève interview de Dane et de ses nouveaux associés après la communication de Lestein annonçant que les Quatre Grands soutiendraient son projet. Ils se comportèrent tous deux comme des êtres dont les rapports n'avaient jamais eu le moindre caractère personnel. Eh bien, puisqu'il en était ainsi, leur association s'arrêterait là.

Lynn passa les quelques jours suivants aux studios. Elle se sentait plus à l'aise — elle n'osait pas dire « plus en sécurité » — lorsqu'elle était entourée de gens. Malgré son désarroi, elle n'avait rien perdu de son efficacité et faisait de son mieux pour satisfaire Peter quand il lui demandait des détails sur la vie privée de Dane.

— Il me sera facile, disait-elle à son patron, d'émailler le texte d'observations personnelles. Par ses amis, j'ai appris beaucoup sur Dane Vestry et Cora a pris un nombre de photos bien suffisant.

Bien que Peter ne fît aucun commentaire, Lynn était

moins sûr d'elle qu'elle en donnait l'impression. Ses scrupules s'était atténués mais elle craignait que ce qu'elle avait appris sur le caractère et la vie privée de Dane soit superficiel. Elle se replongea dans les notes qu'elle avait prises à la suite de ses entretiens avec Ruth et le Pr Helena Ritter. Non, ce n'était pas suffisant.

En ce moment, Ruth devait être en train de faire ses bagages. De toute façon elle ne voulait pas aller voir la jeune femme à l'hôpital au risque de se retrouver nez à nez avec Dane. Restait Helena Ritter.

« Revenez donc me voir », avait dit la vieille dame.

Lynn tourna et retourna cette invitation dans sa tête et se rappela soudain la recette si originale de sa mère pour le thé aux herbes. Bien sûr, elle avait un peu honte de recourir à un tel procédé, mais après tout elle ne devait rien à Dane Vestry. Ils utilisaient chacun leurs armes pour obtenir ce qu'ils voulaient.

De son bureau elle appela Helena Ritter qui, manifestement ravie, l'invita pour le lendemain après-midi. Aussitôt après avoir raccroché, Lynn, beaucoup plus calme, réussit à passer le reste de la journée dans un état de relative décontraction.

Le lendemain matin, elle téléphona à Ruth de très bonne heure pour lui souhaiter un bon voyage. La voix de la jeune femme vibrait de bonheur.

— Notre avion décolle à deux heures. Je suis tellement heureuse de rentrer et James plus encore. Mais c'est Dane qui nous rend fous. Tantôt, il a l'air pressé de partir, tantôt, il parle de tout ce qu'il a à faire avant de quitter Boston. Ah! Les hommes!

Lynn tenta d'abréger la conversation car elle n'avait aucune envie de parler de Dane. Malheureusement Ruth semblait d'humeur à bavarder.

— Je vous remercie du fond du cœur de ce que vous avez fait pour nous, Lynn, et je serais ravie de vous revoir à Greenwaye. Je me suis bien trompée sur votre compte.

Je croyais que vous étiez une de ces bourgeoises sottement prétentieuses, alors que vous êtes tellement gentille. Je sais que Dane est de mon avis.

— Vraiment ? demanda Lynn sans chercher à cacher son amertume.

Dans sa joie, Ruth ne remarqua rien.

— Bien sûr. Croyez-vous qu'il serait allé jusqu'à Boston pour vous revoir si ce n'était pas le cas ? En Virginie aussi nous avons des stations de télévision et des journalistes.

Lynn percevait maintenant au loin le joyeux babillage de James.

— Il faut que je raccroche pour aider James à préparer ses affaires. Merci encore pour tout, dit Ruth.

Lynn reposa le combiné, le regard pensif. Ruth se trompait. Dane était loin de penser comme elle. Mais tout cela était le passé maintenant. Il fallait oublier.

Non, elle ne pouvait pas oublier. Toute la matinée elle repensa à cette conversation et elle y pensait encore en arrivant chez le Pr Helena Ritter.

Dès qu'elle eut garé sa voiture, elle vit la vieille dame apparaître sur le perron. Aujourd'hui elle ne s'appuyait que sur une seule béquille et son visage ridé rayonnait de joie.

— J'ai eu peur que vous ne reveniez plus, maintenant que Dane est reparti pour Greenwaye, dit-elle en serrant avec effusion la main de Lynn.

Lynn ressentit un violent pincement au cœur en entendant prononcer le nom de Dane. C'était absurde, puisqu'elle était venue ici justement pour en apprendre plus sur lui.

— Je vous ai apporté la recette de ma mère, dit-elle sous prétexte de retarder le plus possible ce moment délicat.

Très vite elle ajouta :

— J'espère que ses effets seront aussi bénéfiques pour vous qu'ils l'ont été pour elle.

104

Helena Ritter, souriante, guida Lynn vers le salon inondé de soleil.

— Vous devez avoir eu une vie de famille très heureuse, dit-elle avec une grande douceur.

— Très heureuse. Mes parents et moi étions très proches les uns des autres. Nous le sommes restés jusqu'à leur mort.

Le visage d'Helena Ritter se fit grave.

— Perdre ses parents est quelque chose d'infiniment douloureux. Je me souviens de ce que j'ai ressenti moi-même, il y a bien longtemps. Nombre de mes étudiants ont connu la même tragédie. Dane, par exemple, a été profondément affecté par la mort des siens.

— Etait-il très jeune lorsqu'ils sont morts ? Il ne m'en a pas beaucoup parlé, il m'a seulement dit qu'il avait été élevé par ses grands-parents.

— Oui, c'est vrai. D'après ce que m'a confié Dane, c'étaient des gens merveilleux, qu'il adorait. Pendant qu'il était étudiant, il leur envoyait un peu d'argent tous les mois, car en plus de la préparation de ses examens et de son entraînement sportif, il trouvait le temps de caser des travaux occasionnels.

— Il a fait bien du chemin depuis, dit Lynn.

Helena Ritter lui jeta un coup d'œil perçant.

— Cela dépend. Bon, si nous prenions le thé ?

Lynn aida la vieille dame à préparer un mélange à base d'amandes et, lorsqu'elles retournèrent s'installer dans le salon, la jeune journaliste essaya d'engager de nouveau la conversation sur Dane.

— Vous ne pensez donc pas que Dane a largement progressé depuis Harvard ?

— Vous voulez dire qu'il a réussi ? Bien sûr, il a réussi. Ce n'est pas à cela que je pensais. Dane a perdu quelque chose en chemin. Il a été l'un de mes étudiants les plus brillants, mais surtout il y avait en lui une profonde bonté, une honnêteté foncière. Il donnait toujours l'impression d'être en paix avec lui-même. Et puis...

Lynn suivit des yeux le regard de la vieille dame qui venait de se poser sur la fameuse photographie.

— Janice Kingsley ? demanda-t-elle doucement.

Le regard d'Helena Ritter devint plus sombre.

— Janice Kingsley a été un malheureux accident dans sa vie. Il l'a connue quand il était en première année de droit et qu'il travaillait dur pour payer ses études. Janice fréquentait alors l'université de Radcliff ; elle était issue d'une vieille famille bostonienne très riche. Je pense qu'elle trouvait Dane fascinant et elle avait décidé de le séduire.

— C'est arrivé ?

Helena Ritter eut un sourire amer.

— Il voulait l'épouser mais les parents de Janice s'y sont formellement opposés. Comme ils ne voulaient pas d'un fils de mineur pour gendre, ils ont interdit à leur fille de le revoir.

— Elle a obéi ?

Lynn avait du mal à le croire. Elle comprenait maintenant pourquoi Dane lui avait manifesté une telle froideur lorsqu'elle lui avait dit avoir fait ses études à Radcliff et pourquoi il s'était imaginé qu'elle était issue d'un milieu fortuné. Ce qu'elle ne comprenait pas, en revanche, c'était comment une femme pouvait renoncer à Dane. Elle vit soudain que la vieille dame l'observait et se sentit rougir.

— Ce fut la fin de la romance ? demanda-t-elle.

— Non. Pire. Pour montrer à tout le monde qu'elle ne se souciait plus le moins du monde de lui, que cela n'avait été qu'un jeu, elle raconta tout de lui à ses amis. Elle parla de ses goûts, de ses secrets, et ajouta même — j'en ai peur — certains détails sur leur vie amoureuse. Surtout, elle se moqua ouvertement des projets, des rêves que Dane lui avait confiés. C'est peut-être ce qui a été le plus dur pour lui. A partir de ce moment-là il a commencé à s'abriter derrière une carapace de froide ironie et même de brutalité, parce qu'il ne veut plus souffrir à nouveau.

106

Tout concordait. Le désir de Dane de protéger sa vie privée à tout prix, cette vulnérabilité sous-jacente bien que fermement contrôlée.

— Pauvre Dane, murmura-t-elle.

La vieille dame hocha la tête.

— Oui. Rares sont les amis pour lesquels Dane est resté l'homme d'avant ce drame. J'étais l'une des rares personnes en qui il avait confiance, à part ses amis d'enfance, bien sûr. Et à part vous, je crois.

Les yeux de Lynn s'arrondirent de surprise.

— Moi ? Vous devez vous tromper. Nous avons simplement...

— Des relations professionnelles ?

Helena Ritter eut un sourire espiègle.

— Je ne sais pas quels sont vos sentiments, Lynn, mais je peux vous dire que jamais je ne l'ai vu regarder quelqu'un comme il vous regardait. J'espérais qu'il resterait plus longtemps à Boston ou que vous repartiriez avec lui. Je suppose que le destin en a voulu autrement.

Lynn resta plus d'une heure encore auprès de son hôtesse sans que le nom de Dane soit de nouveau prononcé. Elles parlèrent de Harvard, de mélanges de thé, des changements intervenus dans le système éducatif. Lorsque Lynn prit congé de la vieille dame, elle en éprouva un regret sincère.

De retour à son bureau, elle retranscrivit aussitôt l'entretien qu'elle venait d'avoir avec l'ancien professeur. Elle disposait maintenant largement de la matière nécessaire pour faire un portrait détaillé de Dane adolescent puis jeune homme. Pourtant, elle ne menait pas ce travail de gaieté de cœur. Plus que jamais elle avait l'impression de trahir non seulement Dane, mais aussi la charmante vieille dame. Elle eut beau se sermonner vertement en se rappelant qu'elle était journaliste, elle ne parvint pas à étouffer ses scrupules.

Lorsqu'elle eut terminé, et comme rien ne la retenait aux studios, elle reprit à contrecœur le chemin de son appartement. Le téléphone se mit à sonner avant même qu'elle ait eu le temps de refermer la porte derrière elle.

— Allô, Lynn ?

C'était Dane.

Chapitre 12

LYNN CHERCHA VAINEMENT QUELQUE CHOSE A DIRE. LA SUR-
prise la paralysait.

— Je croyais que vous deviez quitter Boston cet après-
midi ! Etes-vous à Greenwaye ?

— Non. Toujours à Boston. Je suis allé conduire Ruth
et James à l'aéroport mais un imprévu s'est produit au
dernier moment et j'aurais besoin de votre aide.

Il y avait dans la voix de Dane un accent moqueur qui
rappela à Lynn leur première rencontre à Greenwaye.
Son cœur se mit à battre si fort qu'elle dut mettre la main
sur sa poitrine pour en comprimer les battements.

— Je ne suis pas sûre... commença-t-elle.

— C'est dans notre intérêt à tous deux. Je suppose que
vous préparez la seconde phase de l'émission et moi je
suis en train de régler quelques affaires. Nous pourrions
faire d'une pierre deux coups. Voyez-vous, dans le passé,
j'ai souvent été invité chez mes nouveaux associés, mais
je n'ai jamais eu l'occasion d'organiser une soirée avec
eux et leurs épouses. Nous dînons ce soir à La Maison de
Robert. Je me demandais si vous accepteriez de jouer les
hôtesses.

— Quel rapport avec le reportage ? demanda-t-elle, s'accrochant à son travail pour justifier ses hésitations.

Dane avait l'air de s'amuser beaucoup.

— Allons, Lynn, ce n'est pas à moi de vous apprendre votre métier. Un dîner avec les épouses des sommités du monde de la finance et des affaires apporterait à votre reportage ce que vous appelez une « note d'humanité ». N'avez-vous pas envie de connaître l'homme qui se cache derrière le milliardaire ?

Lynn comprit qu'elle devait accepter. Refuser n'avait plus aucun sens.

Lorsque Dane vint la chercher à sept heures, il lui adressa un sourire si radieux que Lynn eut bien du mal à conserver la réserve qu'elle avait décidé de lui opposer. Il lui offrit son bras avec une parfaite courtoisie pour la guider jusqu'à sa Mercedes garée devant la porte de l'immeuble et Lynn prit ce bras avec une décontraction qu'elle était loin d'éprouver. Mais l'essentiel était de sauver les apparences.

— Vous avez parlé d'une affaire importante qui vous avait retenu à Boston, dit-elle, une fois installée à ses côtés dans la voiture.

Il lui jeta un coup d'œil furtif et un demi-sourire se dessina sur ses lèvres.

— Une affaire en suspens dont le dîner de ce soir fait partie. En réalité je voulais surtout vous revoir. Notre dernière rencontre n'était pas l'occasion rêvée pour se dire adieu.

Lynn ne répondit pas. Les pensées les plus folles tournaient dans sa tête et elle feignit de s'absorber dans le spectacle des rues baignées de lumières.

Lynn n'étant jamais venue à La Maison de Robert, elle découvrit la salle du restaurant avec un intérêt poli, s'extasia sur le décor au luxe raffiné, sur les bouquets artistiquement composés qui ornaient les tables, sur l'éclat de l'argenterie. Ils étaient les premiers arrivés à une table réservée pour dix personnes et Dane suggéra qu'ils commandent un verre de vin en attendant les autres invités.

Lorsque le serveur se fut éloigné après leur avoir apporté deux verres de vin blanc bien frais, Dane se pencha vers Lynn.

— Si Helena était avec nous, elle proposerait du thé. Comment s'est passée votre visite chez elle ?

Ainsi il était déjà au courant. Quel était encore ce piège ? Cette fois elle était bien décidée à rester sur ses gardes.

— Je lui ai apporté une recette de thé et nous avons bavardé. C'est une interlocutrice tellement agréable.

A sa grande surprise, Dane ne fit aucun commentaire.

— A quoi allons-nous boire, ma petite fleur des montagnes ? demanda-t-il en levant son verre.

— Au succès de votre nouveau projet ? suggéra-t-elle.

— Non, à notre succès à tous les deux. Après tout, nous sommes en quelque sorte des associés.

Il y eut un petit silence et Lynn eut l'impression que Dane avait hésité avant d'ajouter :

— Une association qui a commencé à Greenwaye.

— Et qui se termine ici.

Il planta son regard droit dans le sien.

— Pas du tout. Vous et moi, cela ne fait que commencer ; j'ai beaucoup apprécié votre présence et je me souviens d'une nuit où vous avez beaucoup apprécié la mienne.

Lynn tressaillit à cette évocation.

— Nous avions décidé que nos relations resteraient purement professionnelles. Ce qui s'est passé cette nuit-là n'aurait jamais dû arriver.

— Est-ce vraiment ce que vous souhaitez ? demanda-t-il doucement.

Elle acquiesça, mais elle savait qu'elle se mentait à elle-même.

— Alors je lève mon verre à vos souhaits les plus sincères. Quels qu'ils soient, murmura-t-il d'une voix grave.

Elle avait de plus en plus de mal à garder son apparence de calme froideur. Ah ! Si seulement les Quatre Grands arrivaient, tout serait tellement plus simple.

— Les autres ne sont-ils pas en retard ? demanda-t-elle avec un accent presque désespéré dans la voix.

Dane jeta un coup d'œil à sa montre.

— En effet. Je propose que nous passions notre commande.

— Mais ce serait le comble de l'impolitesse ! s'exclama Lynn.

Et soudain une idée folle, ou peut-être pas si folle, lui traversa l'esprit.

— Dane, avez-vous vraiment demandé à ces gens de venir ?

Il eut un sourire faussement confus.

— Eh bien, j'avoue que j'ai oublié de les inviter.

— Mais pourquoi ?

Il se pencha vers elle, très près.

— Seriez-vous venue si je vous avais demandé de dîner avec moi ? Je voulais vous parler, je voulais comprendre pourquoi vous étiez soudain devenue si distante après la nuit que nous avons passée ensemble. D'abord je me suis dit que, puisque vous aviez tous les éléments pour votre reportage, vous n'aviez plus aucune raison de me revoir, alors je vous ai laissée tranquille. Mais j'ai changé d'avis.

Tout en parlant, il avait pris sa main et Lynn luttait de toutes ses forces contre le trouble qui la gagnait, contre les battements désordonnés de son cœur. Lorsqu'elle croisa son regard, elle vit dans ses yeux gris un éclair de malice presque enfantine.

— J'ai demandé au serveur de nous préparer une table pour deux. Maintenant que mon petit stratagème a réussi, j'entends qu'on s'occupe bien de vous.

Le dîner fut délicieux et Dane fut un compagnon absolument adorable. En quelques minutes, il avait su faire disparaître toute froideur et toute méfiance. Une discussion à bâtons rompus parfaitement détendue s'en-

112

gagea entre eux au cours de laquelle Lynn s'aperçut qu'ils partageaient les mêmes goûts, non seulement en matière d'art et de musique, mais aussi de distractions. Quand elle mentionna son amour pour les longues marches à pied, Dane l'arrêta d'un geste.

— N'oubliez pas que vous parlez à un montagnard. Alors changeons de sujet, sinon je vais vous ennuyer des heures entières en vous parlant de mes excursions dans les collines de Virginie.

Lynn lui sourit, d'un sourire tendrement complice.

— Lorsque je vous ai vu pour la première fois, j'étais loin de me douter que vous étiez un personnage si important dans les affaires. Ah ! Je me suis bien trompée !

— Moi aussi, je me suis trompé.

Il eut un instant d'hésitation avant de poursuivre.

— Je croyais que vous étiez quelqu'un de très différent, Lynn Emmonds, excusez-moi. J'aurais dû comprendre que vous n'étiez pas la petite fille gâtée par des parents trop riches. J'aurais dû vous croire, mais comme un idiot je ne l'ai pas fait.

Lynn essaya de prendre un ton léger pour cacher son émotion.

— Le grand Dane Vestry reconnaît-il donc ses erreurs ?

— J'admets que j'ai été stupide. Nous avons perdu tant de temps, ma chérie.

— Lynn !

Elle se retourna avec un sursaut pour voir Peter Surran qui s'avançait vers leur table d'un pas rapide, le visage éclairé par un large sourire.

— Quelle agréable surprise, dit Peter en tendant la main à Dane. je pensais que vous aviez quitté Boston.

Tandis que Dane s'expliquait, une lueur s'alluma dans le regard de Peter, une lueur sans équivoque pour Lynn. Dieu merci, il prit congé rapidement.

— Je ne vous dérangerai pas plus longtemps, dit-il. Je suis avec mes propres invités. Monsieur Vestry, si je peux faire quoi que ce soit pour vous, faites-le-moi savoir par

Lynn. C'est une jeune femme charmante mais c'est aussi une excellente journaliste.

Lynn regarda son patron s'éloigner avec soulagement. Bien sûr, Peter n'avait pas pensé à mal, mais sa présence l'avait ramenée à la réalité, à son travail et à la promesse qu'elle s'était faite à elle-même. Quoi qu'il arrive, elle devrait rester fidèle à ses principes. Elle se retourna vers Dane, bien décidée à affirmer sa résolution, mais elle surprit dans son regard quelque chose d'étrange, de lointain, qui la dérouta complètement.

— Votre patron est un homme très sympathique. Il doit apprécier beaucoup votre travail.

Elle acquiesça.

— Comme je vous l'ai déjà dit, Peter m'a beaucoup appris.

Après un court moment d'hésitation, elle ajouta :

— Lorsque j'ai rencontré Peter, j'essayais de surmonter le choc que m'avait causé la mort de Brian, mon fiancé, tué dans un accident de voiture. Pendant longtemps, j'ai cru que la vie n'avait plus de sens. C'est Peter qui m'a sortie de la dépression en m'offrant un poste difficile à assumer et en m'aidant à apprendre le métier.

— Voulez-vous dire que dans votre vie il n'y a que le travail ? Aucun homme n'a remplacé Brian ?

— Non, personne.

Elle regarda ostensiblement sa montre.

— Il se fait tard. J'ai beaucoup apprécié ce dîner, mais il faut que je rentre.

Ils burent leur café dans un silence soudain pesant et ils quittèrent le restaurant sans parler davantage. Dehors, la nuit était encore chaude et le ciel constellé d'étoiles. Tandis qu'il lui ouvrait la portière, Lynn sentit qu'il la regardait avec une expression indéchiffrable dans ses yeux gris.

— La nuit est si belle. Pourquoi ne pas marcher un peu le long de la rivière ?

Elle hésita, puis accepta.

— Après un repas aussi copieux, je crois que cela nous fera du bien.

Lynn s'était promenée des centaines de fois le long de la rivière, mais ce soir, tout était différent ; les lumières au loin semblaient briller plus fort, l'eau miroitait d'un éclat presque magique. Ils marchaient en silence, très près l'un de l'autre, leurs épaules se frôlant de temps à autre. Lorsqu'il prit sa main dans la sienne, Lynn la lui abandonna sans résistance, comme si c'était là la chose la plus naturelle au monde. La tension qu'elle avait éprouvée depuis l'arrivée impromptue de Peter avait complètement disparu pour laisser place à une délicieuse sensation de paix.

Toujours en silence, ils firent demi-tour et ils avaient déjà regagné la voiture lorsque Dane demanda :

— Voulez-vous que je vous reconduise à Beacon Hill ?

Lynn acquiesça à contrecœur.

— Je travaille demain.

Il était temps de revenir à la réalité, de chasser la magie de cette nuit. Dans la voiture, elle se rencogna contre la portière et se mit à parler de choses et d'autres, comme l'opération de James ou la menace de grève du personnel navigant de l'aéroport. Dane entra dans son jeu et lorsque la voiture s'arrêta devant la porte de son immeuble, Lynn était sûre que la soirée se terminerait dans la froideur polie avec laquelle elle avait commencé.

Elle continua à bavarder pendant qu'il l'accompagnait jusqu'en haut des marches qui menaient à son appartement et se tourna vers lui quand ils furent arrivés devant sa porte.

— Merci, Dane, dit-elle. C'était une invitation parfaitement malhonnête, mais j'ai beaucoup apprécié cette soirée.

— Voulez-vous vraiment y mettre fin maintenant ?

Il avait parlé très doucement ; pourtant, une panique irraisonnée s'était emparée de Lynn. Elle se détourna brusquement pour déverrouiller la porte et dit d'une voix mal assurée :

— Bien sûr. Nous avions décidé que...

— Ma chérie, pourquoi persistez-vous dans une décision qui nous fait du mal à l'un et à l'autre ?

Avant même qu'elle ait eu le temps de répondre, il avait ouvert la porte. Elle entendit le battant se refermer derrière eux, puis elle n'eut plus conscience de rien car il couvrait son visage de baisers, comme l'autre nuit. Cette fois il n'y avait rien de tendre ni de délicat dans ses baisers, seulement une intense passion qui la faisait vibrer jusqu'au plus profond d'elle-même.

— N'est-ce pas là une merveilleuse association ? murmura-t-il.

Lynn balbutia des mots incohérents, vite étouffés par ses baisers brûlants qui faisaient naître en elle un désir plus brûlant encore.

— L'autre nuit, vous avez rompu notre accord, l'avez-vous oublié ? demanda-t-il doucement.

— Dane.

Elle ne pouvait que prononcer son nom d'une voix tremblante d'émotion.

— Ne perdons pas davantage de temps. Je veux que nous retrouvions le paradis ensemble, mon amour.

Il la serra dans ses bras.

— Depuis que je vous ai vue pour la première fois, murmura-t-il dans ses cheveux, vous n'avez pas quitté mes pensées une seule seconde. J'ai essayé de me persuader que vous n'étiez qu'une journaliste trop curieuse et après votre départ j'ai tenté de vous oublier. Mais je n'ai pas pu. C'est pour cela que je suis venu à Boston et que j'ai demandé à Peter Surran de vous confier ce reportage.

Lynn enfouit son visage contre son torse puissant, impressionnée par les battements violents de son cœur.

— Moi non plus, je n'ai pu vous oublier, Dane, chuchota-t-elle. Mais je croyais que pour vous ce n'était qu'un jeu. Même l'autre nuit, j'ai pensé que vous vous moquiez de moi.

L'étreinte des bras de Dane se resserra autour d'elle.

116

— Vous aviez raison, avoua-t-il. Tout a commencé comme un jeu. Je pensais que, si vous deveniez mienne, j'oublierais la journaliste indiscrète, la petite fille riche et trop gâtée, que je pourrais reprendre ma vie comme avant. Mais rien ne s'est passé comme je l'avais prévu. Je suis tombé amoureux de vous, ma chérie.

La douceur de ses paroles lui faisait presque mal tout en l'emplissant d'un émerveillement ravi. Elle savait qu'il disait la vérité, elle savait que cette fois elle ne se berçait plus d'illusions.

— Moi aussi, je vous aime.

Elle avait prononcé ces mots avec une grande simplicité. Ses bras se nouèrent autour du cou de Dane et elle attira vers elle ce visage où se reflétait tout l'amour du monde. Leurs lèvres s'unirent en un délicieux moment de tendresse et de passion. Puis, dans un geste impérieux, il la souleva de nouveau dans ses bras, l'emporta dans la chambre baignée par la lune et la déposa doucement sur le lit. Agenouillé devant elle, il la contempla avec un étonnement mêlé d'adoration tandis qu'il défaisait les boutons de sa robe qui s'étala autour d'elle en un bruissement soyeux. Puis Lynn le regarda se dévêtir, émerveillée, fascinée par ce corps athlétique absolument parfait auquel la clarté de la lune conférait l'éclat de l'or et du bronze.

— Vous êtes si beau, Dane, dit-elle doucement.

— Lynn, je vous ai aimée dès ce merveilleux matin au paradis, mais j'avais peur de vous l'avouer. J'ai cru que vous alliez vous moquer de moi. Je voulais vous dire que mon cœur était à vous et que vous pouviez en faire ce que bon vous semblerait, mais je n'osais pas.

Les mains de Dane évoluaient lentement, voluptueusement sur le corps de Lynn, dessinant des arabesques de feu sur sa peau satinée, explorant ses mille secrets, éveillant en elle les sensations les plus folles.

— J'aurais tellement voulu rester près de vous, Dane. Pourquoi ne m'avez-vous rien dit ?

117

Dane n'avait pas besoin de mots pour répondre. De caresse en caresse, il la fit chavirer dans l'océan tumultueux du plaisir, et, unis par la force de leur désir, un même tourbillon les emporta vers l'extase.

Chapitre 13

LORSQUE LYNN S'ÉVEILLA, ELLE SUT AUSSITÔT QUE DANE était toujours près d'elle. Elle sentait le poids de son bras en travers de sa taille, la douce chaleur de son corps contre le sien. Elle tourna la tête vers lui et un délicieux frisson la parcourut lorsqu'elle sentit les lèvres de Dane effleurer sa nuque.

— Bonjour, mon amour.

La voix de Dane était encore tout enrouée de sommeil et pourtant infiniment tendre, aussi tendre que l'avait été leur longue nuit d'amour. Elle se pencha vers lui pour l'embrasser, avec une sensation de bonheur parfait.

— Je vous aime, murmura-t-elle avec un sourire heureux.

Il l'enveloppa du cercle rassurant de ses bras et la considéra avec étonnement, comme s'il ne pouvait croire à sa chance.

— Et moi je vous adore. Je me suis réveillé à l'aube et je vous ai regardée dormir. Vous aviez l'air d'un petit chat, j'ai eu envie de vous réveiller pour vous faire ronronner encore.

Elle se blottit contre sa poitrine avec une sensation de

bien-être, de paix intérieure qu'elle n'avait jamais éprouvée auparavant.

— Vous auriez dû me réveiller, dit-elle.

— Nous ne sommes pas pressés, mon amour. Maintenant nous avons toute la vie devant nous.

Oui, mais pour le moment il nous reste peu de temps, se dit Lynn en jetant un regard au réveil. Il était presque l'heure de se lever pour aller à son bureau. Dane avait manifestement lu dans ses pensées.

— Peut-être pourriez-vous téléphoner à Peter pour lui dire que vous êtes plongée avec moi dans d'importantes recherches ?

Elle se mit à rire. La voix de Dane était grave lorsqu'il ajouta :

— J'ai bien l'impression qu'il est prêt à accepter n'importe quoi pour assurer le succès de ce reportage.

Lynn tressaillit intérieurement.

— Vous n'aimez pas Peter. Pourquoi ?

— Ce n'est pas pour rien qu'on l'appelle le Renard d'argent. Greenwaye Industries est un sujet de reportage très intéressant, certes, pas au point tout de même de justifier une émission en deux parties. Si Peter Surran me consacre un créneau aussi important, il a forcément une idée derrière la tête. Quel rôle vous fait-il jouer dans cette histoire ? C'est un homme d'expérience et vous, ma petite fleur des montagnes, malgré votre efficacité professionnelle, vous êtes encore bien naïve. J'ai l'impression qu'il exploite vos talents, qu'il se sert de vous.

— Mon cher Dane, dit Lynn doucement, seriez-vous par hasard jaloux de Peter ?

— Peut-être l'ai-je été, dit-il avec un sourire triste.

Lynn ne put s'empêcher de rire.

— Vous trouvez ça drôle ? demanda-t-il avec une feinte sévérité.

— Oui, parce que moi aussi j'ai été jalouse. Jalouse de Ruth. Attendez, je ne vous ai pas encore dit le plus ridicule. Au début, j'ai cru que le Pr Helena Ritter était la femme de votre vie.

Dane éclata de rire, serra Lynn dans ses bras et posa un baiser sur le bout de son nez.

— J'aime vraiment Ruth, mais comme une sœur. Quant à Helena, elle tient la deuxième place derrière vous, mon amour. C'est elle qui m'a dit d'arrêter mes stupidités et de rester à Boston. Lorsque je l'ai appelée de l'aéroport, elle m'a avoué que vous étiez passée la voir et qu'elle avait compris que vous m'aimiez.

— Alors, c'est pour cela que vous êtes resté ? demanda Lynn, saisie d'une soudaine appréhension.

Helena Ritter était trop perspicace, se dit-elle. Peut-être avait-elle aussi deviné ce qui se cachait derrière ses questions sur le passé de Dane.

Il acquiesça, sans se rendre compte de la subite angoisse de la jeune femme.

— Mon orgueil m'aurait empêché de vous revoir. Je me suis couvert de ridicule une fois, il y a bien long-temps, et je me suis juré que cela ne m'arriverait plus jamais. Même pas pour vous.

Il se leva d'un bond.

— Vous partez ? demanda Lynn doucement.

— Peter avalera peut-être n'importe laquelle de vos excuses, mais pas mes nouveaux associés. J'ai une réunion avec Manning et Lestein ce matin.

Dans ses yeux se lisait une tendresse tellement implorante qu'il se rassit au bord du lit.

— Si vous me regardez ainsi, je ne pourrai jamais partir.

Lynn lui tendit les bras.

— C'est exactement ce que je veux, murmura-t-elle.

Il l'attira dans ses bras et ils prirent tout leur temps pour échanger les caresses les plus folles, les baisers les plus ardents, s'approchant des frontières de l'extase pour reculer aussitôt et retarder le moment du plaisir suprême. Lorsque l'attente se fit insupportable, ils se laissèrent emporter ensemble au-delà des sommets du désir pour se fondre dans la plus merveilleuse des unions.

Plus tard, Lynn prépara du café et des toasts qu'ils

savourèrent dans cette atmosphère de délicieuse intimité qui suit l'amour.

Le premier, Dane repoussa sa chaise, le regard lourd de regrets.

— Il faut que je m'en aille. J'ai bien peur d'être pris une bonne partie de la journée. Et vous ?

Pour la première fois, elle n'avait aucune envie d'aller travailler. Pourtant, elle répondit :

— J'ai un emploi du temps chargé. Peut-être pourrions-nous nous retrouver chez Mac's à sept heures ?

— D'accord, dit Dane en effleurant ses lèvres d'une bouche légère.

Lynn l'accompagna jusqu'à la porte où ils échangèrent un long baiser, tendre et grave comme une promesse.

Lorsqu'elle arriva aux studios, en sortant de l'ascenseur, elle se heurta à Cora.

— Où étiez-vous hier soir, Lynn ? demanda-t-elle. Ted, Roddy et moi sommes allés essayer un nouveau restaurant vietnamien à Cambridge et j'ai essayé de vous joindre pour vous inviter à venir avec nous.

— J'avais un rendez-vous. Merci d'avoir pensé à moi, dit Lynn sans pouvoir empêcher sa voix de trembler un peu.

Cora lui jeta un coup d'œil malicieux.

— Ne me dites pas que votre montagnard virginien est réapparu dans votre vie. Je croyais qu'il était retourné à Greenwaye.

— Il n'est jamais parti, dit Lynn, submergée par une vague de bonheur.

— Je ne crois pas me tromper beaucoup en affirmant que vous êtes amoureuse de lui, dit la photographe en fronçant les sourcils.

— Non, vous ne vous trompez pas du tout, répondit Lynn tranquillement.

Cora eut un geste fataliste.

— Dans ce cas... Dites-moi, qu'allez-vous faire à propos des informations que Peter vous a demandé de recueillir sur sa vie privée ?

— Ce que j'aurais dû faire dès que Peter me l'a demandé, répliqua Lynn avec assurance.

Elles se dévisagèrent un instant en silence puis Lynn ajouta un peu moins gaiement :

— Il est dans son bureau ? Souhaitez-moi bonne chance.

Une fois dans la tanière, face au Renard d'argent, Lynn se fit l'impression d'être une journaliste débutante le jour de sa première interview.

— Ecoutez, Peter, commença-t-elle, la gorge sèche.

Il l'interrompit avec un grand sourire satisfait.

— Tout s'annonce à merveille, Lynn. Le fait que l'émission ait été diffusée juste avant que les Quatre Grands déclarent qu'ils s'associeraient au projet de Dane a vraiment constitué un coup de maître. Maintenant nos concurrents sont sur les dents parce que j'ai laissé entendre que nous avions encore d'autres surprises en réserve. D'ailleurs, à propos de surprise, Dane et vous sembliez très intimes hier soir. Où en êtes-vous de vos recherches sur sa vie privée ?

Lynn prit une profonde inspiration, redressa les épaules et se jeta à l'eau.

— C'est justement ce dont je voudrais vous parler. Je ne peux pas le faire et je ne veux pas le faire. Je n'écrirai pas une ligne sur la vie privée de Dane Vestry.

Chapitre 14

PETER LA REGARDA FIXEMENT PENDANT UN LONG MOMENT. Lynn retint son souffle, attendant une explosion. Mais rien de tel ne se produisit. Peter se carra confortablement dans son fauteuil et posa les mains à plat sur son bureau.

— Que voulez-vous dire ? demanda-t-il calmement.

— Peter, je ne veux rien écrire qui touche à la vie privée de Dane Vestry. J'ai toujours pensé que c'était mal mais vous aviez réussi à me convaincre que cela faisait partie de mon travail. Maintenant, je ne suis plus d'accord avec vous. Je ne le ferai pas, c'est tout.

Peter lui sourit comme à une enfant capricieuse à qui il faut faire entendre raison.

— Ne soyez pas naïve, Lynn. On paie les journalistes pour qu'ils s'immiscent dans la vie privée des gens. Tout le monde aime connaître les causes secrètes d'un divorce, les comment et les pourquoi d'un meurtre, les détails sordides que recèle un scandale. C'est pour cela que la vie d'un homme comme Dane Vestry suscite un tel intérêt.

— Ce n'est pas l'histoire de sa vie que vous voulez, protesta Lynn avec indignation, c'est son âme.

Cette fois, il allait céder à une de ses légendaires colères et peut-être même la mettre à la porte. Non, il poussa seulement un profond soupir.

— Je m'en veux d'avoir à vous poser une question aussi personnelle, Lynn, mais y a-t-il quelque chose entre cet homme et vous ?

Lynn, écarlate, redressa fièrement la tête.

— Et si c'était le cas ?

— Lynn, vous êtes si jeune qu'auprès de vous je me sens un vieillard. Ne comprenez-vous pas qu'il s'agit d'un piège vieux comme le monde ? C'est pour s'assurer un maximum de publicité qu'il vous a séduite. Dès qu'il n'aura plus besoin de vous, il retournera dans ses montagnes.

Lynn s'efforça de garder son calme.

— Vous êtes cynique. Dane n'est pas comme ça.

— Vraiment ? Quand vous aurez autant de métier que moi, vous serez beaucoup plus psychologue. Les motifs de Dane Vestry sont clairs comme le jour. C'est un homme d'affaires prêt à tout pour réussir, y compris à tromper une jeune femme innocente.

Lynn s'empêcha de protester. Malgré son indignation, l'ironie des propos de Peter l'avait frappée jusqu'au plus profond d'elle-même. C'était bien vrai que Dane n'avait jamais évoqué l'avenir avec elle, pas même un avenir immédiat. Elle tenta de repousser aussitôt cette pensée. Hélas, le mal était fait.

— Je suis désolé de vous avoir confié cette mission, dit Peter. C'est ma faute. Je ne me suis pas rendu compte que vous étiez trop jeune, trop inexpérimentée et si vulnérable. Vestry a tellement insisté pour vous avoir à sa disposition, maintenant je comprends pourquoi.

Le visage du patron exprimait maintenant une sincère compassion.

— Je vous décharge de cette mission, Lynn.

Elle aurait dû éprouver du soulagement en quittant le

bureau. Après tout, il aurait pu se mettre en colère et même la licencier. Mais elle ne ressentait qu'un profond désarroi. Comme toujours, elle chercha un dérivatif dans son travail et s'absorba dans un nouveau dossier concernant une école pour handicapés qui venait de s'ouvrir. Elle négligea même de sortir déjeuner.

Il était déjà tard lorsque Peter vint frapper à la porte de son bureau.

— Vous travaillez comme une forcenée, Lynn. Avez-vous déjà dîné ? demanda-t-il avec un sourire affectueux.

Elle hocha la tête.

— Je comptais aller chez Mac's dès que j'aurais terminé.

— Alors finissez maintenant. C'est moi le patron et je ne veux pas vous voir tomber d'inanition. Je vais chez Mac's moi aussi, je vous offre une bière.

Lynn crut comprendre où il voulait en venir.

— Cela ne servira à rien, Peter. Je n'écrirai rien sur la vie privée de Dane Vestry.

— Qui vous parle de cela ? J'ai juste dit que je vous offrais une bière.

Il la saisit fermement par le coude et l'entraîna vers la porte.

— Cette affaire vous touche de très près, n'est-ce pas ? demanda-t-il tandis qu'ils se dirigeaient vers l'ascenseur.

Lynn acquiesça en silence.

— C'est bien. Les journalistes qui n'éprouvent aucune émotion ne deviennent jamais de bons journalistes. Vous, vous avez l'étoffe d'une vraie professionnelle, voilà pourquoi je vous ai engagée.

Lynn lui adressa un sourire triste.

— C'est ici que j'ai tout appris. Je ne voudrais pas paraître ingrate.

— Détendez-vous. Ce n'est pas le patron qui vous parle, mais l'ami.

Lorsqu'ils se furent installés à une table en face de deux bières bien fraîches, Peter se lança dans ses souve-

126

nirs. Les débuts d'*Au jour le jour*, les grands reportages avec des journalistes qui avaient acquis une renommée mondiale. Lorsqu'il le voulait, Peter pouvait être un brillant causeur et Lynn était sous le charme. Elle arriva presque à oublier qu'il restait quarante-cinq longues minutes avant son rendez-vous avec Dane.

— A bien des égards, disait Peter, les journalistes ne sont pas des gens comme les autres. Ils ont accès à des lieux interdits au commun des mortels, ils font des choses que personne d'autre ne ferait. Parfois ils sont confrontés à des choix difficiles.

Le charme rompu, Lynn poussa un soupir.

— Vous voulez parler de ces informations sur la vie privée de Dane, n'est-ce pas ? Ma réponse est toujours la même, Peter.

— Bien sûr que je veux vous parler de ça. J'ai réfléchi depuis ce matin. J'ai été stupide de vous libérer maintenant de ce travail. Vous avez opéré un vrai miracle sur Dane Vestry. Maintenant que... qu'il semble vous apprécier beaucoup, tout devrait être plus facile.

Lynn allait protester, il leva la main pour l'arrêter.

— Non, attendez. Vous êtes une journaliste de grand talent, ma petite fille, vous tenez là la chance de votre vie. Après la diffusion de cette émission, votre nom et votre visage seront connus de tout le pays.

Peter prit la main de Lynn et la serra très fort.

— Réfléchissez. Vous êtes jeune, vous avez travaillé d'arrache-pied pour arriver là où vous êtes. Ne gâchez pas tout pour une foucade.

Lynn aurait voulu garder son calme malgré la colère qui la gagnait.

— Dane n'est pas une foucade, s'écria-t-elle. Si c'est tout ce que vous avez à dire...

— Non. Je ne voulais pas vous en parler avant d'en être sûr, mais Don Callino vient de m'annoncer qu'il est engagé par une chaîne concurrente. A son départ, le poste de présentateur sera vacant. Qu'en pensez-vous ?

Stupéfaite, Lynn le regarda fixement.

— Vous me proposez ce poste ?

— Oui.

— Peter, je suis très flattée, très reconnaissante, mais... non. Je ne peux pas.

Ce fut au tour de Peter d'être stupéfait.

— Je n'en crois pas mes oreilles. Vous allez donc briser votre carrière ? Au nom de quoi ?

Il pointa son index dans sa direction.

— Est-ce qu'il vous a demandé de l'épouser ?

— Cela n'a aucun rapport, Peter. Mes relations avec Dane n'ont rien à voir là-dedans. Je refuse parce que je ne peux pas payer le prix que vous demandez.

Peter ne releva pas l'allusion.

— Il ne vous a pas demandé de l'épouser. Est-ce qu'il vous a promis de vous emmener avec lui, alors ?

En voyant l'expression de Lynn, il poursuivit :

— Quelle promesse vous a-t-il faite, mon petit ?

— Je n'ai besoin d'aucune promesse, dit-elle tout en mesurant la naïveté et la stupidité de sa réponse.

Peter tapota sa main.

— Même s'il vous emmenait en Virginie, Lynn, que se passerait-il ? Vous êtes une citadine, vous avez vécu dans la région de Boston presque toute votre vie, vous avez un travail passionnant. Jamais vous ne vous adapterez.

Au même instant, elle sentit une présence derrière elle et, avant même de le voir, elle sut que c'était Dane.

— La journée a été dure, ma petite fille ?

Il lui souriait avec une telle tendresse qu'elle s'en voulut d'avoir douté de lui. Peter eut un rire indulgent.

— Je crois que je suis de trop ; de toute façon je devais partir.

Comme il allait se lever, Dane lui fit signe de n'en rien faire.

— Malheureusement, je ne peux pas rester. Je vous emprunte Lynn pour une minute, après vous pourrez finir vos bières tranquillement.

Lynn leva vers lui un regard surpris. Il passait son bras autour de sa taille pour l'entraîner à quelque distance de la table.

— Je suis désolé, mon amour. Notre réunion se terminera très tard. J'aurais pu vous téléphoner mais je n'ai pas pu résister à l'envie de venir vous le dire moi-même, à l'envie de vous voir.

— Il s'est passé quelque chose? demanda-t-elle d'une voix où perçait la déception.

— Oui, c'est le branle-bas de combat. Vous me pardonnez, mon amour? Nous aurons encore tout le temps de nous aimer, tandis que Manning et les autres n'attendront pas.

Il lui caressa la joue du bout des doigts.

— Si vous continuez à me regarder de ces yeux-là, je vous enlève d'ici sur-le-champ. Dans mes bras.

Lynn ne put s'empêcher de rire.

— J'adorerais, et la direction du restaurant aussi. Ce serait une excellente publicité.

Il resta grave.

— Lynn, j'essaierai de venir chez vous après la réunion, mais ne m'attendez pas. Ces choses-là prennent souvent du temps.

Il prit sa main, en embrassa doucement la paume.

— Vous me manquerez, mon amour.

Dans son regard, Lynn vit des regrets, de l'amour, de la tendresse, mais elle vit aussi l'excitation que donne le pouvoir. Elle le regarda s'éloigner et retourna vers la table de Peter, le visage pensif. Bien entendu, son patron ne se priva pas de faire des commentaires.

— Le voilà parti pour ses importantes affaires tandis que vous l'attendrez au coin du feu. Pauvre Lynn, avez-vous seulement réfléchi à la vie que vous mèneriez auprès de lui? Il côtoiera les riches et les puissants, voyagera, sera peut-être interviewé par des journalistes autrement plus ambitieux que vous.

Il s'arrêta pour juger de son effet et reprit :

— Et vous, que deviendrez-vous là-dedans? Je vais

vous le dire, Lynn. Perdue dans les montagnes, vous vivrez dans vos souvenirs et vous regretterez amèrement cette vie passionnante qui a été la vôtre. Lui connaîtra une existence de plaisir et vous le mortel ennui.

Chapitre 15

À MINUIT, LYNN NE DORMAIT PAS. LES HEURES S'ÉGRENAIENT une à une, Dane ne venait pas. Chaque fois qu'elle entendait un bruit de moteur, son cœur se mettait à battre follement et l'espoir renaissait.

A l'aube, renonçant au sommeil, elle alla se préparer un café. Puis, sa tasse à la main, elle se mit à errer sans but dans l'appartement. Les propos de Peter qui lui étaient revenus à la mémoire pendant ses heures d'insomnie la poursuivaient maintenant encore. Elle finit par s'asseoir à son bureau et décida de dresser la liste de ce qu'elle comptait faire dans la journée. Dans le tiroir où devait se trouver son bloc-notes, la première chose qu'elle vit fut la liasse des feuillets où elle avait consigné les informations concernant la vie privée de Dane. Son réflexe fut de les détruire mais elle hésita un instant et se mit à les relire.

Je les garderai, décida-t-elle, pour moi toute seule. Ce sera mon journal intime. En effet, elle avait constaté dès les première lignes que ces notes retraçaient en réalité l'évolution de ses sentiments à l'égard de Dane. Sa décision de l'oublier, la fascination qu'il lui avait inspirée, puis la tendresse, la passion. Oui, ces notes étaient l'histoire de son amour. Peut-être les lui montrerait-elle un jour pour qu'il comprenne comment, petit à petit, elle s'était mise à l'aimer.

Saisie d'une fièvre soudaine, elle se lança dans le long récit plein de lyrisme des événements survenus ces dernières quarante-huit heures. Une étrange langueur s'empara d'elle lorsqu'elle s'apprêta à évoquer leur merveilleuse nuit d'amour. Des mots pouvaient-ils traduire leur tendresse, leurs rires, leurs confidences chuchotées, l'embrasement de leurs corps ? Oh ! Dane, je vous aime tant !

A ce moment-là, le téléphone se mit à sonner. Quelle ne fut pas sa déception en reconnaissant la voix de Seth William.

— Lynn, Fred est cloué au lit par la grippe. Il était chargé de suivre les négociations sur le conflit à l'aéroport de Logan. Les pourparlers entre la direction et les représentants du personnel navigant viennent d'être rompus. J'ai déjà envoyé une équipe là-bas. Il faut que vous y alliez le plus vite possible.

Lynn s'habilla en hâte, la tête ailleurs. Jusqu'à la dernière seconde, elle espéra que Dane appellerait et elle referma la porte derrière elle avec un lourd soupir.

Une véritable pagaille régnait à l'aéroport. Tous les vols intérieurs avaient été annulés et on annonçait de sérieux retards sur les vols internationaux. Lynn interviewa des membres de la direction et du personnel gréviste puis se promena parmi les passagers qui arpentaient nerveusement le hall. Cora était avec elle, filmant des visages écœurés, révoltés ou résignés.

— C'est une honte ! hurla un gros monsieur chauve.

— Je dois être dans l'Ohio ce soir. Il faut faire quelque chose ! s'indigna une vieille dame en brandissant le poing.

Après avoir quitté l'aéroport, ils retrouvèrent tous avec soulagement le calme relatif et l'air conditionné des studios. Lynn eut beau se jeter dans son travail, elle ne cessait de penser à Dane dont le silence devenait inquiétant. Lorsqu'il appela enfin, elle était en train de visionner avec Cora les séquences tournées quelques jours plus tôt à l'aéroport.

— La réunion s'est terminée très tard cette nuit, je n'ai pas voulu vous réveiller.

La voix de Dane lui fit l'effet d'une caresse.

— J'ai été pris toute la matinée, reprit Dane, mais la soirée est à nous. Voulez-vous que je passe vous prendre aux studios, ma chérie ?

Elle hésita. D'une part, elle ne savait pas à quelle heure finirait son travail ; d'autre part, elle ne voulait pas que Peter jette la moindre ombre sur son bonheur.

— Non. Pourquoi ne nous retrouverions-nous pas chez moi. Il y a une clé sous le paillasson. Vous m'attendrez ?

— Si je vous attendrai ?

Il feignit de réfléchir longuement.

— Peut-être un petit moment. Disons toute l'éternité pour commencer. Est-ce que vous savez que je vous aime ? J'ai tellement pensé à vous la nuit dernière, à la douceur soyeuse de votre peau, à votre parfum, à vos yeux qui s'assombrissent lorsque je vous tiens dans mes bras.

Lynn se retourna et croisa le regard de Cora qui réprimait un sourire tout en feignant de s'absorber dans son travail.

— A moi aussi vous m'avez manqué, Dane. Je vous montrerai combien ce soir.

Elle raccrocha doucement et reprit sa place auprès de Cora qui hocha la tête d'un air entendu mais ne fit aucun commentaire. Le reste de la journée s'étira lentement. Jamais Lynn n'avait attendu avec autant d'impatience le moment de quitter les bureaux.

Bien entendu, ce soir-là les embouteillages étaient monstrueux. Par bonheur, la Mercedes blanche était garée devant son immeuble, au bord du trottoir. Lynn s'élança dans l'escalier quatre à quatre et ouvrit la porte de son appartement d'un grand geste triomphant.

— Dane ? appela-t-elle.

Pas de réponse. Elle appela encore, intriguée. Sa voiture était là, donc il devait être là aussi. S'était-il endormi ? Elle courut vers sa chambre et s'arrêta net. Dane était assis au bureau, plongé dans la lecture d'une liasse de feuillets qu'il tenait à la main.

Ses notes. Ses notes sur la vie privée du célèbre Dane Vestry. C'était cela qu'il lisait.

Elle laissa échapper un petit cri. Il leva la tête, le regard indéchiffrable.

— Vous arrivez bien tard, commenta-t-il. Peter est un véritable esclavagiste. Il vous fait travailler un peu plus chaque jour.

— L'un des nos reporters était malade. J'étais en train de travailler sur son reportage lorsque vous avez appelé. Je suis désolée de vous avoir fait attendre.

Il désigna du doigt la pile des feuillets.

— Je vous en prie. J'étais plongé dans une lecture passionnante.

— Dane, laissez-moi vous expliquer. Je voulais...

Il l'interrompit brutalement.

— Je sais à quel usage vous destiniez cela, madame la journaliste. Peter Surran vous a demandé d'enquêter sur ma vie privée, n'est-ce pas ? Je savais bien qu'il avait une idée derrière la tête.

Sa voix claqua comme un fouet et, lorsqu'il se leva, Lynn eut l'impression que la colère lui donnait une puissance gigantesque.

— Dane, c'est vrai, Peter m'a demandé cela. J'ai commencé à réunir des informations, en dépit de moi-même. Finalement, hier, je lui ai dit que je ne continuerais pas.

Elle n'avait pas réussi à maîtriser le tremblement de sa voix ni celui de ses mains qu'elle pressait pourtant l'une contre l'autre en un geste de supplication. Dane lui jeta un regard sans indulgence.

— Vraiment ? Dommage alors que le public n'ait pas la chance de connaître le contenu de ces notes. Je suis très flatté. Tout y est : ce que j'ai dit, ce que j'ai fait, nos conversations, nos regards. Vous avez percé à jour mon cœur et mon âme.

Lynn se couvrit les oreilles de ses mains pour ne plus entendre cette voix moqueuse, rageuse. Lorsqu'il traversa la pièce pour saisir ses poignets, elle laissa échapper un cri de douleur.

— Je vous fais mal ? Seigneur, je l'espère bien ! Combien Surran vous a-t-il payée pour ce morceau de moi ? A combien a-t-il estimé le prix de votre trahison ?

— Je ne vous ai pas trahi, chuchota-t-elle en luttant contre les sanglots qui lui serraient la gorge. J'ai compris dès le début que c'était mal. Puis, lorsque j'ai découvert que je vous aimais, j'ai décidé de ne jamais remettre ces notes à Peter.

Il lâcha ses poignets et recula d'un pas. Lynn chercha son regard et vit que la colère avait fait place dans ses yeux à une expression d'infinie douleur mêlée à de l'orgueil blessé. Elle tendit les mains vers lui en un geste désespéré.

— Dane, ne partez pas. Ne partez pas en me haïssant. Je vous aime, cria-t-elle.

Il se tourna vers elle et, l'espace d'une seconde, elle sentit renaître son espoir. Hélas un éclair glacial passa dans son regard, et l'instant d'après il la saisit dans ses bras et écrasa ses lèvres sur les siennes avec une force qui lui coupa le souffle.

— Non...

Elle tenta de tourner la tête mais elle ne put échapper à l'étreinte d'acier qui l'immobilisait.

— Ne gâchez pas tout, murmura-t-elle dans un souffle.

— Gâcher quoi, mon petit ange innocent ? chuchota-t-il d'une voix tendue. Je vous félicite. Vous êtes une menteuse parfaite. Vous n'avez rien laissé au hasard, n'est-ce pas ? Votre manège hypocrite vous a même permis de gagner la confiance de mes amis. Pour finir, vous avez réussi avec moi aussi.

Soudain Lynn cessa de se débattre. Malgré la sauvagerie de ses baisers, une étrange torpeur, brûlante, douloureuse, envahissait son corps. Terrifiée et humiliée de ne pouvoir lutter contre le désir que lui inspirait cet homme, même en un pareil instant, elle laissa libre cours à ses sanglots. Dane se méprit sur leur signification.

— Ne pleurez pas, Lynn. Vous ne parviendrez pas à m'émouvoir avec des larmes. D'ailleurs vous savez quel amant parfait je suis. Car vous aviez l'intention d'offrir à vos téléspectateurs la révélation de mes performances amoureuses, n'est-ce pas ? Eh bien, je vais vous fournir de quoi étayer votre récit parce que j'ai l'intention de vous aimer comme jamais encore vous n'avez été aimée.

Avec autorité, il entreprit de lui retirer son chemisier. Lynn tenta en vain de se débattre. Elle n'avait pas la force de lutter contre Dane, ni surtout contre elle-même. Lorsqu'elle sentit la chaleur de ses mains sur sa peau nue, elle ferma les yeux.

Soudain, quelque chose changea. La pression de la bouche de Dane sur la sienne n'était plus la même. Son étreinte semblait avoir dépassé les limites de la colère, de l'orgueil, de l'incompréhension. Avait-elle rêvé ou l'avait-elle vraiment senti trembler ?

— Dane ?

Il la lâcha si soudainement qu'elle faillit trébucher contre la porte. Dans le regard de Dane, elle vit la fureur faire place à une indicible douleur. Puis, un bref instant, il ferma les yeux et serra les poings si fort qu'elle vit ses jointures blanchir.

— Rhabillez-vous, dit-il d'une voix parfaitement calme.

Il lui tourna le dos et elle obéit, les doigts tremblants.

Toujours sans la regarder, il dit de la même voix calme :

— Ne vous inquiétez pas, Lynn. Je ne vous toucherai plus jamais. Simplement je resterai ici jusqu'à ce que vous ayez brûlé ces notes.

Elle aurait voulu s'approcher de lui, le toucher, le forcer à la regarder.

136

— Dane, il faut que vous m'écoutiez.

— Allez-y, Lynn. Brûlez-moi ces torchons dans la cheminée, dit-il d'une voix lasse.

Lynn s'exécuta et, lorsque la dernière page fut réduite en cendres, il reprit :

— J'aimerais que ce soit clair, Lynn. Si jamais vous-même ou votre patron diffusez une seule ligne de ce que j'ai vu dans ces notes, je briserai *Au jour le jour* comme je vous briserai tous. J'avertirai aussi Peter Surran. Croyez-moi, j'en suis capable. Je détruirai votre réputation, votre carrière, votre tranquillité d'esprit.

C'est déjà fait, pensa-t-elle. Dane sortait quelque chose de la poche de son veston.

— Ne prenez pas cet air malheureux, Lynn. Bientôt une autre occasion se présentera. Peter vous donnera un bel os à ronger et cette fois vous saurez user de vos charmes de façon plus profitable. En attendant, voici un prix de consolation.

Il ouvrit la petite boîte noire qu'il tenait à la main. Lynn fut éblouie en découvrant une bague en diamant sertie d'émeraudes.

— Je pensais que ce serait une bague de fiançailles tout à fait acceptable, dit-il avec un accent de dérision qui semblait s'adresser davantage à lui-même.

Avec un sourire sarcastique il ajouta :

— Gardez-la, ma petite fleur des montagnes. Elle fera bonne figure parmi vos autres trophées.

Il posa la bague sur le bureau puis, sans se retourner, quitta l'appartement.

Chapitre 16

PLUS TARD, LYNN PENSA À TOUT CE QU'ELLE AURAIT DÛ LUI dire. Mais à quoi bon ? Il la haïssait. Le pire était qu'elle lui avait fait du mal, beaucoup de mal.

Elle saisit l'écrin noir encore ouvert et regarda sans le voir le diamant à l'éclat si pur qui aurait pu être le prélude à tant de bonheur. Pourquoi ne lui avait-elle pas parlé de ses notes la nuit dernière ? Il aurait compris, il l'aurait crue. Maintenant, il n'aurait plus jamais confiance en elle. Lynn referma la boîte, qu'elle rangea dans un tiroir.

A mesure que la soirée s'écoulait et que son désespoir grandissait, elle éprouvait un besoin de plus en plus brûlant de lui parler encore. Peut-être avait-il réfléchi maintenant, peut-être l'écouterait-il. Et puis il fallait qu'il reprenne cette bague. Jamais elle ne pourrait la garder après ce qui s'était passé. D'un geste impulsif, elle saisit le combiné du téléphone et composa le numéro de l'hôtel de Dane. On lui apprit que M. Vestry était sorti.

Elle se souvint alors de ce qu'il lui avait dit à propos de Peter, qu'il le préviendrait lui aussi. Peut-être était-il aux studios ? Elle reprit le combiné puis se ravisa. Elle préférait se rendre là-bas tout de suite. N'importe quoi plutôt que de rester seule dans cet appartement froid et vide à ressasser ses souvenirs.

Ni Peter ni Dane n'y étaient. D'un geste las, Lynn poussa la porte de son bureau et se laissa tomber sur une chaise. Et maintenant ? se demanda-t-elle. Puisqu'elle était là, de toute façon, autant travailler un peu. Hélas, ce soir elle ne trouvait aucun réconfort dans son dérivatif habituel. Comme un automate, la pointe de son stylo se mit à courir sur une feuille blanche. « Cher Peter », commença-t-elle.

— Lynn ! Vous êtes encore là ?

Sur le visage de Cora, la surprise fit place à l'inquiétude lorsqu'elle vit l'expression de la jeune femme.

— Il s'est passé quelque chose ? dit-elle.

— Non, rien. Ne vous faites pas de souci pour moi, j'allais partir.

Cora s'était penchée par-dessus l'épaule de Lynn pour déchiffrer le contenu de la lettre.

— « Cher Peter », lut-elle à haute voix. « Par la présente, je me permets de vous soumettre ma démission. Je ne me sens plus capable d'effectuer mon travail dans le sens que vous souhaitez. » Lynn, êtes-vous devenue complètement folle ?

— Probablement, répondit la jeune femme avec un petit rire proche des larmes.

— Non, vous ne démissionnerez pas. Pas maintenant. Vous rendez-vous compte que dans quelques jours le reportage sur Greenwaye fera de vous une célébrité nationale ?

— Oui, répondit Lynn tranquillement. D'accord, c'est idiot. Voyez-vous, Cora, au début j'ai accepté ce reportage parce que je voulais réussir dans mon métier et prouver à Peter qu'il avait eu raison de me faire confiance. Maintenant, je n'ai plus ni travail ni...

Elle s'arrêta brusquement. Cora avait tout compris.

— C'est bien ce que je pensais. Dane, n'est-ce pas ?

Comme Lynn ne répondait pas, elle poursuivit :

— Que s'est-il passé ? Une querelle d'amoureux ?

— Il a tout découvert au sujet des informations que Peter m'avait demandé de réunir sur sa vie privée. Il a pensé que je l'avais trahi et, dans un sens, il a raison. Jamais je n'aurais dû accepter. Si je continue à travailler pour *Au jour le jour,* je recommencerai à faire du mal aux gens.

Cora posa une main affectueuse sur l'épaule de Lynn.

— Et Vestry ? Que devient-il là-dedans ?

— Rien, dit Lynn d'une voix blanche. Il est sorti de ma vie pour toujours, c'est ma faute. Il n'a jamais rien cru de ce que je lui ai dit. Tout est fini entre nous.

Les mains de Lynn tremblaient tellement qu'elle avait du mal à écrire la suite de sa lettre. « Je vous serai toujours reconnaissante, Peter. Vous avez été très bon pour moi et je tiens à vous remercier de tout ce que vous m'avez appris. »

Un instant elle hésita. Elle avait tant aimé son travail, comment supporterait-elle de le perdre ? Si elle démissionnait maintenant, il faudrait recommencer ailleurs tout en bas de l'échelle. Elle n'était pas suffisamment connue pour être engagée par une autre chaîne nationale. Renoncer à tout ce qu'elle avait aimé, n'était-ce pas une folie ? Après tout, elle avait perdu Dane. Pourquoi perdre son poste aussi ?

Non, démissionner était la seule solution. Jamais plus elle ne travaillerait pour quelqu'un qui lui demanderait de vendre son âme.

Elle signa la lettre et la glissa dans une enveloppe. Puis elle se dirigea lentement vers le bureau de Peter.

Durant les jours suivants, la grève du trafic aérien fit largement la une des journaux. Mais la presse consacrait également de nombreux articles à la création d'une nouvelle filiale de Greenwaye Industries. Le lendemain du jour où Lynn avait donné sa démission, l'un des articles mentionnait que M. Dane Vestry était retourné en Virginie.

Lynn s'aperçut qu'elle suivait avec attention tout ce que la presse disait de lui. Dès qu'elle était rentrée chez elle, après avoir quitté définitivement les studios de télévision, elle avait rompu le dernier lien qui l'unissait à Dane en lui renvoyant sa bague. Puis elle s'était plongée dans un flot débordant d'activités. Elle avait posé sa candidature à divers postes offerts par des stations de radio ou des chaînes de télévision. Elle avait eu également une longue conversation avec Peter qui avait tout tenté pour la faire revenir sur sa décision, jusqu'à reconnaître que l'idée d'enquêter sur la vie privée de Dane avait été une erreur. Cet homme qui affermissait sa position dans les milieux d'affaires aurait pu devenir leur ennemi juré. Malgré tout, Lynn s'était obstinée dans son refus.

Après des semaines d'épuisantes recherches, elle avait reçu une offre de la chaîne de télévision W.C.V.Z. en Nouvelle-Angleterre. Le soir même, elle fit part de la nouvelle à Cora venue lui rendre visite chez elle et expliqua à son ancienne collègue en quoi consisterait son nouveau travail. La photographe ne lui ménagea pas ses sarcasmes.

— En somme, ils vous demandent de tout faire, depuis les reportages jusqu'à la présentation du journal télévisé, en échange d'un salaire dérisoire. Vous n'avez déjà pas l'air en forme mais, après quelques semaines sur ce rythme-là, vous y perdrez la santé.

Lynn se mit à rire pour cacher son malaise. Cora avait raison. Depuis sa rupture avec Dane elle dormait mal et se nourrissait à peine.

— Ne vous inquiétez pas, dès que j'aurai commencé mon travail et que j'aurai trouvé un appartement à Pratsfield, tout ira bien.

Cora comprit que son insistance serait vaine.

— Si vous voulez, proposa-t-elle, je vous aiderai à déménager. Pour l'instant, il faut vous détendre un peu, Lynn. Je viens justement d'acheter un thé aux herbes qui est paraît-il merveilleux pour calmer les nerfs. Si nous l'essayions ?

— Du thé, répéta Lynn d'un air songeur.

Naturellement elle pensa à Helena Ritter. Depuis des semaines, elle se disait qu'elle devrait faire ses adieux à la vieille dame, mais elle ne savait pas si elle résisterait à l'évocation de certains souvenirs. Pourtant, après le départ de Cora, elle téléphona à Helena qui l'invita avec enthousiasme à lui rendre visite le lendemain dans l'après-midi.

En arrivant devant le petit pavillon de banlieue, Lynn trouva la vieille dame dans son jardin.

— C'est tellement bon de vous revoir ! s'exclama Helena Ritter. Hier soir, l'une de mes feuilles de thé est restée debout dans ma tasse, ce qui annonce, d'après les savants, une lettre ou un visiteur. Je viens de recevoir ma lettre et voici une visite. Le monde est plein de délicieuses coïncidences.

Lynn avait parfaitement saisi l'allusion.

— Quelles coïncidences ? Est-ce que je connais l'auteur de la lettre ?

— Bien sûr, Lynn. C'est une lettre de Dane. Si nous entrions ?

Dans la chaude quiétude du salon, Helena observa attentivement la jeune femme.

— Comment allez-vous depuis que nous nous sommes vues ?

Comment va Dane ? La question brûlait les lèvres de Lynn mais elle sourit.

— J'ai été très occupée. J'ai quitté mon poste à Boston pour un autre à Pratsfield. Alors j'ai voulu vous dire au revoir.

Bien sûr, Helena Ritter ne fut pas dupe.

— Vous êtes toujours aussi jolie, Lynn, mais vous n'avez pas l'air de vous porter très bien. Vous avez maigri, n'est-ce pas ? Lui non plus ne doit pas avoir bonne mine.

De surprise, Lynn se mit à bafouiller.

— Mais... pourquoi devrait-il... ? Il ne...

— Il ne m'aime plus ? suggéra Helena Ritter doucement. Ma petite fille, comme vous êtes stupide. Vous lui
manquez terriblement.

Le cœur de Lynn se mit à battre d'un fol espoir.

— Il vous l'a dit dans sa lettre ? Non, il me déteste et je
ne peux pas lui en vouloir. Il a lu des notes que j'avais
prises sur lui. Peter, mon patron, voulait des informations sur sa vie privée. Je vous jure que je ne les lui aurais
jamais données.

— Pourquoi les écrire alors ? demanda Helena Ritter
avec un regard soudain pénétrant.

— C'était une sorte de... de journal intime, balbutia
Lynn. Je comptais le lire avec lui, plus tard, en évoquant
des souvenirs, mais il l'a trouvé avant.

La vieille dame prit la main de Lynn dans les siennes.

— Il n'a rien compris, n'est-ce pas ? C'est pour cela
qu'il a quitté Boston si vite qu'il n'est même pas venu me
dire au revoir. Lorsqu'il s'agit de leurs sentiments, les
hommes sont parfois bêtes. Dane a tellement souffert une
fois qu'il vous a aussitôt accusée de l'avoir trahi. Et,
parce qu'il vous aimait tant, il s'est enfui pour sauver sa
fierté.

— Dans sa lettre, il ne dit pas qu'il tient encore à moi ?
demanda Lynn, la voix étranglée par les sanglots.

— Non, pas littéralement, mais sa solitude et son
amour se cachent derrière chaque mot. Allez le retrouver,
mon petit.

Lynn serra les poings si fort que ses ongles pénétrèrent
dans sa chair.

— Helena, il me manque, il me manque au point que
j'ai parfois l'impression de perdre la raison. Mais je ne
peux pas affronter sa haine et son mépris.

— Il ne faut pas prendre ses paroles pour argent
comptant, voyons. Si j'étais jeune, belle et amoureuse de
Dane, j'oublierais tout pour aller le rejoindre tout de
suite.

— Non, dit Lynn lentement, tout est fini maintenant.

La vieille dame secoua la tête d'un air rêveur.

— J'en suis beaucoup moins sûre que vous, ma petite fille.

Chapitre 17

LYNN COMMENÇA SES PRÉPARATIFS DE DÉMÉNAGEMENT BIEN avant d'avoir trouvé un appartement à Pratsfield. Elle avait hâte de partir. Depuis sa visite à Helena Ritter, ses souvenirs étaient plus vivaces que jamais. La nuit, elle rêvait de lui, le jour il lui semblait constamment entendre son rire grave ou voir l'éclat moqueur de ses yeux gris. Si ses activités quotidiennes lui permettaient d'échapper tant bien que mal aux fantômes du passé, la peur de ses cauchemars la terrifiait autant que ses cauchemars eux-mêmes et chaque nuit elle se réveillait en sanglotant. Alors elle se levait pour remplir des malles et des cartons.

Un après-midi, Cora vint lui rendre visite et considéra avec surprise la rangée de cartons étiquetés et soigneusement rangés dans le couloir. Dans la cuisine, des cartons vides attendaient de connaître le même sort.

— Ce n'est pas gentil, vous avez commencé sans moi ! s'exclama-t-elle. Mais je vois que je n'arrive pas trop tard. Comme je ne travaille pas aujourd'hui, nous pourrions peut-être nous y mettre ensemble. On attaque la cuisine ?

Lynn hésita. Elle avait déjà emballé la plupart de ses affaires personnelles, ses livres et ses disques, mais elle n'avait pas encore pu se résoudre à vider le bureau Louis XV. Trop de fantômes le hantaient encore, trop de souvenirs qui lui rappelaient le soir tragique de sa rupture avec Dane.

— Ne voulez-vous pas plutôt vider le bureau pour moi ? demanda-t-elle.

Elle précisa :

— Le contenu des tiroirs de droite appartient à la propriétaire, tout le reste est à moi.

Tout en s'affairant, la photographe bavardait gaiement, parlait de son travail, de ses collègues. Lynn lui était très reconnaissante de sa présence.

— Vous nous manquez à tous, dit Cora en tirant un carton dans le salon pour y transférer des blocs, des dossiers, des fiches, des bandes magnétiques, à mesure qu'elle vidait les tiroirs. Roddy a l'air tout triste. Il répète partout que depuis votre départ l'ambiance n'est plus ce qu'elle était.

Lynn sourit. Au fond, ce récit faisait du bien à son moral.

— Vous m'auriez été bien utile aujourd'hui, disait maintenant Cora. La grève s'est enfin terminée à l'aéroport de Logan, nous avons fait du bon travail.

— Ça a dû être une belle pagaille ? remarqua Lynn en enveloppant une tasse dans du papier de soie.

— Comme vous dites. Les gens se ruaient sur les guichets pour acheter des billets alors que les vols n'étaient même pas annoncés. La police faisait de son mieux pour empêcher une émeute et... Oh ! Qu'est-ce que c'est ?

Cora entra dans la cuisine en brandissant un bout de papier.

— Tiens, dit Lynn, on dirait un fragment déchiré de quelque chose. Brûlez-le.

— Vous feriez mieux d'y jeter un coup d'œil d'abord.

146

Je n'aime pas détruire les notes des autres, vous pourriez y avoir consigné une idée importante.

Lynn prit le bout de papier, le lut, devint blême. Le cœur battant, elle relut les mots griffonnés à la hâte. « Je voulais vous dire que je vous aimais, que mon cœur était à vous et que vous pouviez en faire ce que bon vous semblerait. Mais j'ai eu peur que vous vous moquiez de moi. »

Comment ce fragment de papier n'avait-il pas brûlé avec le reste de ses notes ? Elle s'aperçut qu'elle le serrait dans sa main de toutes ses forces et s'efforça de sourire.

— Ce n'est rien. Juste... enfin, ce n'est pas important. S'il vous plaît, prenez-le...

Elle s'interrompit. Les mots inscrits sur ce chiffon de papier miraculeusement sauvé des flammes la hantaient. Elle avait presque l'impression d'entendre la voix de Dane, de sentir ses bras autour d'elle.

Cora lui prit doucement le papier des mains.

— Je l'ai trouvé sous le bureau. Est-ce qu'il vous a vraiment dit cela ?

Le regard éperdu de Lynn était éloquent.

— Il vous a dit cela et vous l'avez quand même quitté ? insista-t-elle.

— Oh ! Cora, je vous ai déjà tout raconté. Un jour, quelqu'un l'a trahi et il a cru que moi aussi je l'avais trompé.

Les larmes roulaient sur les joues de Lynn qui n'avait plus la force de jouer les jeunes femmes courageuses et efficaces.

— Je l'aime tant, balbutia-t-elle, mais il ne veut pas de moi.

— Je parierais que si !

Lynn secoua la tête, la gorge nouée.

— Si, insista Cora fermement, je le pense vraiment. Ne restez pas ici à vous morfondre. Filez à Greenwaye, allez le lui dire.

Au prix d'un incroyable effort, Lynn parvint à se ressaisir.

— Je sais que je me conduis comme une idiote, pleurer n'arrange rien. Mais je ne peux pas aller le retrouver.

Cora mit les poings sur ses hanches et planta son regard dans celui de Lynn.

— Pourquoi donc ? Craignez-vous pour votre fierté ?

— Bien sûr que non. J'ai même pensé aller à Greenwaye, mais je ne pourrais pas supporter... Et s'il me rejetait, Cora ? Je sais que c'est lâche, mais je ne pourrais pas le supporter.

Cora réfléchit un long moment.

— J'ai l'impression que vous êtes tous les deux dans la même situation : trop orgueilleux pour admettre vos torts. Lui, cependant, a osé avouer son amour au risque d'être accueilli par des moqueries. Et vous, vous avez peur d'aller le retrouver ?

Sans rien ajouter, elle retourna dans le salon continuer les rangements.

Une foule de pensées tourbillonnait à toute allure dans la tête de Lynn. Dane avait un jour pris un risque. Il lui avait ouvert son cœur pour lui offrir un amour dont elle ne soupçonnait même pas l'existence. Soudain, il était près d'elle, il l'enveloppait de ses bras, sa main chaude caressait sa joue, il lui murmurait à l'oreille les choses les plus folles et elle, éperdue de bonheur, se blottissait contre sa poitrine.

La vie lui apporterait peut-être encore la réussite, des satisfactions, peut-être même un bonheur passager, mais il lui manquerait toujours l'essentiel. A quoi bon se leurrer ? Sans Dane sa vie n'avait plus aucun sens. Elle n'avait plus le choix.

A ce moment-là, Cora reparut et, lorsqu'elle vit la petite flamme qui brillait dans le regard de Lynn, les larmes lui montèrent aux yeux.

— Voilà qui est mieux, dit-elle. Allez vite faire un léger bagage et je vous conduis à l'aéroport. Peut-être aurez-vous un vol ce soir.

Malheureusement la chance était contre elle. Depuis la fin de la grève, les comptoirs de l'aéroport étaient pris d'assaut et, après des heures d'attente, elle s'entendit annoncer qu'il n'y avait plus de vols pour la Virginie ce soir. Peut-être demain matin...

— Non, dit Cora, tandis qu'elles quittaient le hall surpeuplé. Demain il sera trop tard. Vous aurez perdu courage. Essayez le train... ou le car.

Lynn secoua la tête. La vague d'exaltation qui l'avait soutenue pendant qu'elle préparait son bagage et se précipitait à l'aéroport était retombée.

— Inutile, dit-elle calmement. Pas de train ni de car. Vous êtes une amie merveilleuse, Cora, mais je sais que je fais une erreur. J'ai passé l'âge des rêveries romantiques. Peut-être le destin en a-t-il décidé autrement.

Le retour à Boston s'effectua dans le silence. Cora invita son amie à dîner avec elle chez Mac's, invitation que Lynn refusa. Elle voulait être seule.

— Je repasserai demain pour vous aider, dit Cora en déposant Lynn devant son immeuble. Vous êtes sûre que tout ira bien ?

— Oui, Cora. Merci pour tout.

Debout devant l'entrée, elle regarda s'éloigner la voiture, le regard perdu dans le ciel chargé de nuages noirs, tandis qu'une pluie fine commençait à s'abattre sur la ville. Sans savoir pourquoi, elle se souvint qu'il pleuvait aussi le jour de sa première rencontre avec Dane. Elle s'engagea lentement dans l'escalier. Ne cesserait-elle donc jamais de penser à lui ? Si. Il le faudrait bien.

Dès que j'aurai quitté Boston et que j'aurai trouvé un appartement à Pratsfield, se dit-elle, je...

Tous ses projets s'évanouirent en fumée. Dans la douce lumière qui éclairait le hall, elle venait de distinguer une tache de couleur sur son paillasson : un bouquet de fleurs. Elle s'approcha, le ramassa et le souffle faillit lui manquer. C'étaient des fleurs sauvages cueillies dans les montagnes.

— Dane, chuchota-t-elle.

Chapitre 18

ELLE TENAIT LE BOUQUET PRESSÉ TOUT CONTRE ELLE, S'ENI-
vrait de son parfum. Dane était venu! Et il était venu
tout récemment car les fleurs étaient encore fraîches.

Où était-il maintenant? Les doigts tremblants, elle
ouvrit la porte de l'appartement, appela son nom. En
vain. Elle referma le battant et dévala l'escalier à toute
allure.

Dehors, la pluie tombait en grosses gouttes; un vent
chaud et lourd balayait la nuit.

— Dane? chuchota Lynn en regardant autour d'elle.

Aucune trace de sa voiture dans les alentours. Brusquement, elle aperçut une haute silhouette à la démarche
athlétique qui s'engageait dans Cambridge Street.

— Dane, attendez. Dane... cria Lynn en se mettant à
courir.

Puis elle rougit de confusion en voyant un parfait
inconnu se retourner et la dévisager avec curiosité. Elle
tremblait sous la pluie qui redoublait. Sans savoir
pourquoi, elle continuait à courir.

Ah! Tout à coup, cet homme là-bas, cet homme au port
de tête si fier, c'était lui, elle en était sûre.

— Dane, cria-t-elle.

Il n'entendit rien. Alors elle accéléra encore, trébuchant sur ses talons hauts, manquant de tomber à chaque pas, mais rien n'avait d'importance. Elle venait d'arriver à sa hauteur.

— Dane ? dit-elle d'une voix incertaine.

Il se tourna vers elle, l'air parfaitement calme.

— Je vois que vous aussi vous êtes fait surprendre par la pluie. J'ai garé ma voiture dans le bas de la rue pour prendre un peu d'exercice, mais par un temps pareil c'était idiot.

— J'ai trouvé les fleurs, dit Lynn d'une voix hésitante. Je sais que c'est vous qui les avez déposées et je voulais vous remercier. J'ai cru vous voir descendre la rue et...

Dane ne répondit pas. Dans la lumière des phares d'une voiture, Lynn distingua l'expression de son visage : malgré la pluie il n'avait rien perdu de sa tranquille assurance.

— Depuis quand êtes-vous à Boston ? demanda alors Lynn que le désespoir regagnait déjà.

— Depuis ce soir. J'ai pu obtenir un vol jusqu'à New York et j'ai fait le reste du trajet dans un avion privé. J'avais une affaire urgente à régler.

— Greenwaye Industries ?

Bien sûr, il n'était là que pour affaires, pas pour la revoir. Pourtant, elle gardait un faible espoir. Pourquoi les fleurs sauvages ?

— Oui, dit Dane. Et je voulais aussi essayer de vous rencontrer. Il fallait que je vous fasse des excuses. J'ai appelé Surran qui vous a complètement mise hors de cause. Il m'a expliqué aussi que vous aviez donné votre démission parce que ce reportage sur ma vie privée allait à l'encontre de vos convictions.

Lynn hocha la tête, incapable de proférer un son.

— Je n'avais rien compris. Lorsque j'ai trouvé vos notes, j'en ai tiré des conclusions sans réfléchir. Ce que j'ai fait est impardonnable. Mais essayez de me comprendre. Dans la chaleur du moment...

— Ce n'est rien, dit-elle d'une toute petite voix.

Dans sa voix à lui, il n'y avait aucune chaleur, simplement une froide politesse. Pourquoi ne la prenait-il pas dans ses bras ? Non, il était trop tard. Tout était bien fini.

Mais elle ne voulait pas le voir partir déjà. Le regarder encore, entendre encore sa voix, juste un petit peu, même si cela faisait mal.

— Comment vont Ruth et James ? demanda-t-elle.

Pour la première fois, il sourit.

— Ils vont bien. L'opération de James a été une parfaite réussite, il voit normalement. Il vous embrasse, et Ruth aussi.

Lynn sentit s'évanouir le dernier de ses faibles espoirs. Soudain elle avait froid.

— J'en suis heureuse, dit-elle avec un calme qui la surprit elle-même. Merci pour les fleurs et merci d'être venu me voir.

Il hocha la tête et se tourna à demi vers elle. Alors, avec un sanglot, Lynn pivota sur ses talons et se mit à remonter la rue en courant.

— Lynn, attendez !

Non, elle n'attendrait pas. Attendre quoi ? En quelques enjambées, il l'avait rattrapée et forcée à s'arrêter, forcée à le regarder. Il n'y avait plus aucune froideur dans son regard mais une expression de douloureuse anxiété et le cœur de Lynn se mit à battre follement.

— Je vous aime tant, chuchota-t-elle.

Il la prit dans ses bras. Ce ne fut pas une étreinte passionnée mais un geste infiniment tendre qui emplit Lynn d'un tel bonheur qu'elle crut défaillir.

— J'ai eu si peur que vous ne vouliez plus me revoir, murmura-t-il. J'avais même peur de vous téléphoner. J'étais sûr que vous m'enverriez au diable. Vous en aviez tous les droits. Je me suis efforcé de vous oublier, mais je n'ai pas pu.

Il la serra plus fort contre lui.

— Alors j'ai marché longtemps dans la montagne et

j'ai pensé à nos moments de bonheur. J'ai compris que je devais essayer de vous retrouver.

Lynn eut un petit rire mouillé de larmes.

— Moi, je m'apprêtais à vous rejoindre. Je suis allée à l'aéroport d'où je n'ai pas pu partir. Tous les vols étaient complets. J'avais compris que je ne pouvais pas vivre sans vous, moi non plus.

Il ne fit pas un geste pour l'embrasser. Il la regardait avec une telle intensité qu'il semblait vouloir graver à jamais dans sa mémoire ce visage qu'il avait cru perdre.

Presque en même temps, ils murmurèrent :

— Vous m'avez tellement manqué.

Enfin leurs lèvres se rejoignirent et ils sentirent renaître en eux la chaleur, le bonheur, l'émerveillement de la découverte de leur amour. Leur étreinte se fit plus ardente, plus passionnée, jusqu'à ce que Lynn le repousse légèrement avec un soupir :

— Vous écrasez mes fleurs, Dane chéri.

Pour toute réponse, il la souleva dans ses bras, la serra contre lui de toutes ses forces puis promit d'une voix solennelle :

— J'irai vous cueillir des milliers de fleurs au paradis, mon amour.

Ce livre de la *Série Coup de foudre* vous a plu.
Découvrez les autres séries Duo qui vous
enchanteront.

Désir, la série haute passion, vous propose
l'histoire d'une rencontre extraordinaire entre
deux êtres brûlants d'amour et de sensualité.
Désir vous fait vivre l'inoubliable.

Série Désir : 6 nouveaux titres par mois.

Harmonie vous entraîne dans les tourbillons d'une
aventure pleine de péripéties.
Harmonie, ce sont 224 pages de surprises et
d'amour, pour faire durer votre plaisir.

Série Harmonie : 4 nouveaux titres par mois.

Amour vous raconte le destin de couples
exceptionnels, unis par un amour profond et
déchirés par de soudaines tempêtes.
Amour vous passionnera, *Amour* vous étonnera.

Série Amour : 4 nouveaux titres par mois.

Série Coup de foudre : 4 nouveaux titres par mois.

DIANA MORGAN

Une inoubliable rencontre

Un piéton, une voiture, du verglas...
un choc! Marion Simpson vient de rencontrer
Brick Parker. Séduisant en diable,
plein d'énergie, il déroute la jeune femme
autant qu'il l'attire.

Mais une entente est-elle possible
entre une brillante universitaire, spécialiste
de littérature, et un champion de hockey
adulé du public? Marion n'a jamais
éprouvé pareil émoi.

Elle a beau s'en défendre, elle ne rêve plus
qu'à Brick, à son regard profond,
à son charme sauvage. Et si pour lui
ce n'était qu'un jeu?

Série Coup de foudre

JENNIFER DALE

Musique de rêve

– Tom Olivier? Jamais!

Judith Vanover est outrée. Elle,
l'imprésario des plus grands musiciens classiques,
devrait s'occuper de ce chanteur de rock
échevelé et barbare? Pourtant, il faut céder.
La rage au cœur, Judith se voit obligée de
rencontrer l'idole qu'elle déteste d'avance.

Et qui découvre-t-elle? Un être extraordinaire,
à la beauté sensuelle, à la voix envoûtante,
dont la présence magique la trouble profondément.

Sous son étrange pouvoir, et malgré
tous ses efforts, elle se sent fondre
inexorablement, comme la glace au soleil...

Série Coup de foudre

JOAN WOLF

Cecilia, mon amour

Bien sûr Cecilia sait
qu'elle est jolie, attirante,
et qu'elle a tout pour plaire.

Mais que Gilbert Archer veuille l'épouser,
non, elle n'arrive pas à y croire.
Lui, le grand patron de presse, richissime,
doué de tous les pouvoirs – et si beau ! –,
n'est-il pas en train de faire un caprice ?
Le monde brillant, luxueux, où il veut
l'entraîner n'est-il pas truffé de pièges ?

Séduite, désemparée, Cecilia s'interroge
inlassablement : Gilbert Archer s'imagine sans doute
qu'il peut l'acheter, comme le reste.
Mais l'amour, le vrai amour, a-t-il un prix ?

Série Coup de foudre

Ce mois-ci

Duo Série Harmonie

Duo Série Désir

Duo Série Amour

Achevé d'imprimer sur les presses de l'Imprimerie Bussière
à Saint-Amand-Montrond (Cher)
le 22 avril 1985. ISBN : 2-277-82004-0.
Nº 806. Dépôt légal mai 1985. Imprimé en France

Collections Duo
27, rue Cassette   75006 Paris
diffusion France et étranger : Flammarion

Coup de foudre